Monika Kranich, geboren in Neumarkt am Wallersee, Studium der Klassischen Philologie und Germanistik an der Universität Salzburg. Lebt am Haunsberg bei Salzburg.

Monika Kranich.

Veröffentlichungen: Diverse Kurzgeschichten in Anthologien, *Mythische Blicke. Weiblich*, Roman 2016.

Monika Kranich

Salzburg. Zum Teufel!

1. Auflage: November 2022

ISBN: 978-3756855865

© **für diese Ausgabe:** Monika Kranich, Berndorf, 2022

Umschlagbild: Monika Kranich, 2021

Satz, Umschlaggestaltung: N. Englhart unter Verwendung von LaTeX, KomaScript, Gimp, IrfanView und Notepad++, Schriftarten: *Accanthis* (Buchblock), *1550* und *Bahnschrift* (Umschlag)

Herstellung und Verlag: BoD - Books on Demand, Norderstedt

Bibliographische Information der dnb:
Die Deutsche Nationalbibliothek verzeichnet diese Publikation in der Deutschen Nationalbibliographie; detaillierte bibliographische Daten sind auf http://www.dnb.de/ abrufbar.

DA WO FRAUEN STERBEN BIN ICH HELLWACH

Jenny Holzer

Kapitel 1

Der Wind streicht über das Wasser der Salzach. Vollmond.
Die Wellen glitzern grünlich.
Der Mönchsberg: Schwarz.
Die Müllner Kirche. Ihr Glockenturm. Ein versteinerter Zeigefinger, hoch am Nachthimmel.
Ein Lichtstrahl fällt auf das Wasser, als wollte sein silberner Blick Lisa suchen.

***

Beim Landeanflug tauchte das Flugzeug in eine dichte Wolkenschicht ein. Trüber, kalter Regen. Salzburger Schnürlregen. Ein Vorhang aus Wasserfäden, den der Himmel mit feingliedrigen Fingern über die Stadt zog. Silbrige Schnüre auf der Suche nach Spielpuppen. Lisa kannte dieses Gefühl. Hatte nicht gedacht, dass sie es wieder erleben würde. Der Regen besaß ein Herz, einen Mund und ein Lied, das die Sehnsucht nach Sonne, Wärme und Licht weckte. Diagonal fallende Regentropfen. Lautlos trafen sie auf die Fensterscheiben. In Lisas Kopf gaben sie jedoch Geräusche von sich. Sie knackten, knisterten und klirrten.

Seid doch leise, wollte sie sagen. Aber sie hielt sich zurück. Sie war nicht verrückt. Das wollte sie vermeiden. Sie schloss die Augen. Als wäre sie in einem Film aufgewacht. Ihre Hände zitterten nicht. Der Betablocker, den sie zu Beginn der Reise genommen hatte, half verlässlich. Bei Lesungen, aber auch jetzt. Bald hatte sie es geschafft. Alles wirkte friedlich und harmlos. Keine Sorgen.

In großen Lettern prangte die Aufschrift *SALZBURG AIRPORT W. A. MOZART* auf dem Flughafengebäude. Lisas Hand fuhr über ihr Gesicht, tastete über die Wölbung ihrer Stirn, folgte der Nase, wanderte die Lippen entlang, als müsste sie sich der Linien ihres eigenen Gesichts vergewissern. Das Flugzeug bewegte sich langsam über die Landebahn.

Die Reise nach Salzburg war ein Ausflug in die Vergangenheit. In ihre Vergangenheit. Denn Salzburg ist Lisas Geburtsstadt. Die Stadt ihrer Kindheit. Ihrer Jugend. Ihres Studiums. Festungsstadt mit erzbischöflicher Geschichte. Das Rom des Nordens.

Nach zwanzig Jahren ist sie zurückgekehrt. Als führte sie ein Leben in Kreisen, als einzige, langsame Spirale. Als kreiste die Zeit still um sich selbst. In endlosen Wiederholungen. Eine Zeitschleife, in der sich Gegenwart und Vergangenheit begegnen. Ein versteinertes Echo.

Als wäre sie aus der Zeit gefallen. Als wären die vielen Jahre, die sie außerhalb von Salzburg verbracht hatte, nur Träume gewesen. Als ginge die Zeit da weiter, wo sie vor zwei Jahrzehnten stehen geblieben war. Niemand unter den Lebenden, der auf sie wartete. Nur Geister. Erinnerungen. Geschichten. Aber es war keine Rückkehr. Eine Woche Aufenthalt in Salzburg. Sie war auf der Durchreise.

Die Passagiere lösten ihre Sicherheitsgurte und nahmen ihre Taschen und Jacken aus den Fächern. Sie blieb noch sitzen. Sie hatte es nicht eilig. Ein leichtes Zittern auf ihrem Rücken. In New York hatte sie sich ein Tattoo stechen lassen. Ihr Oberkörper war jetzt tätowiert. Fast vollständig. Ihr Körper eine Leinwand. Das Totemtier der ägyptischen Göttin Bastet. Göttin der Fruchtbarkeit, der Liebe, der Freude, des Tanzes, der Musik und der Feste. Menschenkörper mit Katzenkopf und Flügel, die sich über ihre Rippen, bis zu ihrer linken Brustspitze erstrecken. Die Katze wird ihr Leben verändern, hatte Lili, die Tätowiererin, gesagt. Vier Stunden hatte die Prozedur gedauert.

Claire hatte Lisa zu diesem Tattoo überredet. Sie nahm Lisa mit zu dem Tätowierungsladen in Manhattan in der 12. Straße. Als wären sie nicht vierzig Jahre alt, sondern immer noch Teenager. »Du traust dich sicher nicht«, spottete Claire. Lisa wusste genau, dass jeder sie mit diesem Satz vollständig manipulieren konnte. In der Jugend und jetzt noch immer. »Du traust dich nicht«, sagte Claire und irgendetwas in Lisas Gehirn hörte auf, eigenständig zu denken. Claire verströmte die Aura von Abenteuern. Wildheit. Gefahr. Zu verlockend, um zu widerstehen. Claire hatte sie dann doch noch gefragt: »Bist du sicher, dass du das willst? Willst du nicht eine kleinere Tätowierung?« Nein, das wollte sie nicht. Lisa berührte die Katze vorsichtig mit einer Fingerspitze. Niemals hätte sie zugegeben, dass sich ihr Körper gegen die Zeichnung mit Schmerzen gewehrt hatte.

Was würde Stefan sagen, würde er das sehen? Stefan hatte Claire nie gemocht. »Deine Cousine ist unheimlich. Eine Wilde. Eine Verrückte. Sie strahlt eine Gefahr aus. Etwas, vor dem du dich hüten solltest. Du jedoch machst immer, was sie will und merkst es nicht einmal«, hatte Stefan gesagt. Aber das ist nicht wahr, dachte Lisa. Sie streckte die Hand aus, hielt sich an der Sessellehne der Vorderreihe fest. Stefan hatte sie vor Claire gewarnt. Ausgerechnet er! Er hätte sie vor ihm warnen sollen. Sie hatte sich vorgenommen, nicht mehr an ihn zu denken. Gedanken wie rotglühende Glasmurmel, die durch ihre Gedanken fetzten.

Lisa strich sich mit der Hand über ihre Hose. Reptillederprägung. Sie trug eine schwarze Lederjacke, weiße Bluse und teure Wildlederstiefel. Um ihren Hals ein schlangenartiges Collier aus Weißgold. Sie liebte Mode. Die Möglichkeit, mit Kleidung eine Identität zu schaffen. Wenn sie eine Romanfigur erfand, begann sie oft mit dem Gewand, das sie sich ausdachte. Kleidung, die Handlung konstruierte. Dann ging sie dazu über, sich im wirklichen Leben genauso zu kleiden. Lisa hielt die Schlaufe der Handtasche fest umklammert. Als wäre sie ein Haltegriff. Weiches Leder. Dunkelgrün. Ihr Sitznachbar wandte sich ihr zu. Er fragte sie, ob ihr nicht gut sei. Sie sehe blass aus. Er trug einen dunklen Anzug, der ihm viel zu eng war. »Alles in Ordnung«, antwortete Lisa. Ihr sei nur ein bisschen schwindlig. Nichts Schlimmes.

»Sind Sie sicher?«

»Ja, wirklich, vielen Dank«, sagte sie.

Als er sich in Frankfurt neben sie gesetzt hatte, hatte er wie zufällig ihre Hand berührt, die auf der Lehne zwischen ihren Sitzen lag, dabei beobachtete er ihr Gesicht von der Seite, als ob er eine besondere Reaktion entdecken wollte. Sie hob den Arm. Er zog seine Hand zurück, als hätte er sich verbrannt. Eine dünne Blutspur rann über seine Haut. »Oh, Entschuldigung! Das wollte ich nicht«, log sie.

Ihr Lederarmband war mit scharfen Nieten beschlagen. Es war nicht der Schmerz, der den Mann auf Abstand hielt, dachte Lisa. Er besaß etwas von der Sehnigkeit eines Bären, den ein kleiner Kratzer nicht aus der Ruhe brächte. Es war viel mehr die Botschaft, die dahinterstand. Auch wenn es wie Ungeschick aussah, für welches sie sich auch entschuldigte. Tatsächlich schwieg er den restlichen Flug.

Lisa versuchte zu schlafen. Da hörte sie einen Fluggast mit einer Frau sprechen. Sie saßen eine Sitzreihe vor Lisa. Der Mann sprach leise und verschwörerisch, als ob er in seiner Nachbarin eine Komplizin sähe, mit der er Geheimnisse austauschen wollte: »Haben Sie die Vietnamesin gesehen?«

»Sie auch? Das war unglaublich.«

»Ich habe immer gedacht, so etwas passiert nur im Film. Eine Frau, die in Handschellen aus dem Flugzeug geführt wird. Von schwerbewaffneten Beamten. Steuerfahndung und Polizei sollen fast eine Million Euro in ihren Koffern gefunden haben. Während sie im Flugzeug saß, durchsuchten sie ihr Gepäck. Es handelt sich wahrscheinlich um Zigaretten-Mafia, die mit Hilfe der Beschuldigten heimlich Geld in die Heimat schaffen will. Die Festgenommene ist dran – wegen Geldwäsche und Steuerbetrug. Und in höchster Lebensgefahr.

Solch einen Fehltritt lässt sich die organisierte Kriminalität nicht gefallen. Die Botin gilt jetzt als Freiwild: Geldkuriere, die nicht funktionieren, werden eiskalt ermordet.«

»Woher wissen Sie das?«

»Na, sehen Sie nicht fern? Das weiß doch jeder.«

Lisas Kopf begann zu schmerzen. Bis jetzt war alles so gut gegangen, aber das Gerede versetzte sie in Unruhe. In Salzburg sprach sie ihr Nachbar noch einmal an. Er deutete auf die Brille und sagte: »Glauben Sie, dass die Sonne scheinen wird?«

Er war hartnäckig. So leicht gab er nicht auf. Sie nickte. Dennoch hielt er gebührenden Abstand zu ihr.

»Der Regen wird bald aufhören.«

In den meisten Fällen konnte sie tatsächlich das Wetter vorhersagen. Das war schon immer so gewesen. Es beeindruckte die Menschen. Dabei war es leicht. Komisch, dass es die anderen nicht konnten.

»Sie sind also Wahrsagerin. Sehen Sie, das hat mir meine Menschenkenntnis gleich verraten. Wenn es aufhört zu regnen, dann denke ich an Sie. Auf Wiedersehen!«

Wieder nickte Lisa. Ihre Hand mit dem Armband fuhr zwischen sie und ihn. Aber das war nicht notwendig. Er achtete ganz von allein auf den nötigen Abstand. Sie reihte sich ein in die Schlange der aussteigenden Passagiere. Aus den Kabinenlautsprechern ertönte Walzermusik.

⁓

Das Gepäckband wurde eingeschaltet. Durch den Plastikvorhang schob sich Lisas Reisetasche. Alles in Ordnung. Sie nahm die Tasche, zog sie vom Band herunter. Jetzt noch Claires Koffer. Sie stand inmitten der Passagiere, die miteinander redeten. Claires Koffer kam später. Plötzlich erschien er. Umgürtet mit einem schwarzen Band. Mit der Aufschrift »Geöffnet von der Zollbehörde«. Lisa schüttelte den Kopf. Unglaublich, hatte sie es doch gewusst! Sie griff beherzt zu und hob ihn herunter. Sie verspürte nicht nur überdeutlich das Gefühl, beobachtet zu werden. Sie wurde auch beobachtet. Ein Koffer, der von der Zollbehörde geöffnet worden war, schien wie eine Brandmarkung zu wirken. Sie lächelte. Sie murmelte: »Na, so etwas? Wieso denn das?« Blickte in die Runde neugieriger Augen. War es nicht lächerlich, dass sie verdächtigt wurde? Sie holte sich Zustimmung. Die Leute wandten sich um. Beschäftigt mit ihren eigenen Angelegenheiten. »Frankfurt«, »Festnahme«, »Geldschmuggel«, die Worte geisterten herum. Lisa nahm ihr Gepäck, setzte sich in Bewegung. Schritt für Schritt. Nun fang bloß nicht an zu spinnen, sagte sie sich. Lisa bewegte sich unauffällig in der Menge. Sie bemühte sich, wie unsichtbar zu wirken. Die automatische Türe mit der Aufschrift »Nichts zu verzollen« öffnete sich. Graue, regnerische Außenwelt wurde sichtbar. Einen Schritt und noch einen. Nichts passierte. Unvermittelt war sie im Freien. Ihr Sitznachbar war verschwunden. Sie hatte ihn noch kurz gesehen. Eine Frau in roten High Heels hatte ihn abgeholt. Harmlos.

Lisas Uhr zeigte immer noch die amerikanische Zeit an. Sie durfte nicht vergessen, das zu ändern. Sie war mit der Sonne geflogen. Von einem Kontinent zu einem anderen. Sie atmete tief durch. Alles gut. Filigranes Sonnenlicht drang durch die dunklen Wolken. Langsam setzte sie sich die Brille auf.

⁓

Ein Taxi brachte sie in die Stadt. Der Wagen fuhr lautlos durch die leeren Straßen. Es war Sonntag. Sie überquerten die Salzach. Der Fluss strömt mitten durch die Stadt. Wie ein behäbiger Drache, der an manchen Stellen grün aufleuchtet. Die Altstadt. Ihre geometrischen Formen. Der Dom. Die Festung. Die Stadtberge.

Fast hätte Lisa vergessen, wie schön diese Stadt ist. Salzburg ist zwar eine provinzielle Kleinstadt, eine Stadt der kleinen Dinge, aber eine Großmeisterin der Inszenierung, der Kulisse, der Pracht. Kirchtürme, die aussahen wie Notenhälse, die sich nach einer Melodie richten, die aus dem Innern der Erde hervordringt. Die Festung mit ihren Türmen und Zinnen, Bögen und Durchgängen und Fenstern, in denen, obwohl sie dunkel waren, ein außerirdisches Licht zu blitzen schien. Eine wilde Kriegerin mit versteinertem Brautkleid.

Kapitel 2

Das Hotel *Wolf Dietrich* liegt auf der rechten Salzachseite. Neustadt. Bevor Lisa eintrat, entfernte sie das Etikett der Zollbehörde. Ein Blick in das Fenster, das wie ein Spiegel ihr Bild reflektierte. Einen Moment hielt sie inne. Es war kaum zu glauben, aber sie sah aus wie Claire. Wie eine Version von ihr. Die elegantere Version. Lisa trat ein. Als wäre das Hotel eine Bühne. Ihre Bühne. Sie lächelte, ließ ihren Blick durch die Lobby schweifen. So beiläufig wie möglich. Alles sah hell und harmlos aus. In der Lobby saßen wenige Gäste. Eine englische Familie. Ein Mann saß etwas abseits. In einem Helmut-Lang-Anzug, mit schwarzer Krawatte, einem weißen Hemd und schwarzen Doc-Martens-Schuhen. Kurz kreuzten sich ihre Blicke.

»Herzlich willkommen in Salzburg. Ich hoffe, Sie hatten einen angenehmen Flug.« Die Hoteldirektorin kam ihr entgegen. Sie trug ein rotes Dirndl. Attraktiv. Dunkelgebräunt wie eine Italienerin. Salzburg war auch eine Stadt, in der man wieder Tracht trug. »Wollen Sie einen

Stadtplan?«, fragte sie. »Ja, vielen Dank.« Sie wollte nicht zugeben, dass sie sich auskannte. Sie wollte eine Fremde sein. Auf Papier sah die Stadt noch kleiner aus.

Die Hotelbesitzerin lächelte Lisa freundlich zu. Lisa war trainiert in den Augen anderer ihre eigene Erscheinung wahrzunehmen. Blitzschnell registrierte sie ihr winziges Spiegelbild in den Augen der Frau. Zweimal. Einmal im linken und einmal im rechten Auge. Aber da war nicht nur ihre eigene Gestalt, sondern auch noch ein dunkler Schatten. In ihrem Rücken. Jemand, der ihr über die Schultern sah. Nein. Nur eine Täuschung. Nichts weiter. Lisa spürte ein leises Kribbeln im Nacken, drehte sich aber nicht um, kontrollierte nicht, was sich hinter ihrem Rücken abspielte.

Der Duft von Kaffee und frischem Brot lag in der Luft. Man zeigte ihr den Frühstücksraum. Anders als in New York nahm man sich hier für das Essen viel Zeit. In New York war der Frühstücksraum meistens winzig gewesen, es gab Plastikbesteck und überall in den Hotels Fernseher, die ständig liefen. In den Restaurants bekam Lisa, kaum hatte sie den letzten Bissen hinuntergeschluckt, die Rechnung auf den Tisch gelegt. Der Satz »Wann immer Sie so weit sind«, milderte den Rausschmiss.

Ganz anders hier im *Wolf Dietrich*: »Jeden Nachmittag servieren wir unseren Hausgästen Kaffee und Mehlspeise. Kommen Sie doch einfach vorbei!« Topfenstrudel, Salzburger Nockerl und Sachertorte. Der Trost der süßen Speisen. Jedes einzelne Wort eine Rebellion gegen jede Diät. »Ihr Appartement befindet sich nicht im Haupthaus. Etwas weiter entfernt. In der Linzergasse. Andreas, unser Mitarbeiter, wird Sie begleiten.« Ein freundlicher Mann in Jeans und Lederjacke. Seine blonden Haare hingen ihm in die Stirn. Er nahm Claires Koffer. Lisa trug die Reisetasche. Die Linzergasse. Die Gasse war frisch renoviert. Metallene Poller. Fußgängerzone. Eine Taube flog auf. Sonnenlicht wärmte Lisa. Sie gingen an Boutiquen vorbei. Exquisite Öle, Essige und Spirituosen. Ein Weltladen mit Lebensmitteln und Modeartikeln aus der Dritten Welt. Ein Musikgeschäft, das Lisa noch aus ihrer Studienzeit kannte.

Linzergasse 38. Der Eingang in das Hotelappartement war unauffällig. Durch eine alte Holztür gelangten sie zu einer steilen, engen Marmortreppe, welche sie ins oberste Stockwerk führte. Eine lange Korridorflucht. Einheitliche Eichentüren rechts und links.

»Das Haus wurde im 16. Jahrhundert erbaut. Es steht unter Denkmalschutz«, sagte Andreas. Lisa nickte und strich mit einer Hand über die Mauer. Befestigungsmauer. Neustadt. Jahreszahlen strahlten die Sicherheit von Ankerplätzen aus. Die letzte Tür gehörte zu Lisas Appartement. Als Andreas die Türe öffnete, sah sie zuerst nur morgendliches Licht, das durch große Glasfenster in den Raum strömte. Eine Oase aus Helligkeit und Sonnenlicht. Lisa blieb einen Moment in der Tür stehen. Kniff die Augen zusammen. Rieb sich den Hals.

Das Appartement war modern und luxuriös ausgestattet. Hier hätte eine große Familie Platz. Zwei Stockwerke. Zwei Dachterrassen. Die Zimmer hell und großzügig. Auf der einen Seite eine Fensterfront vom Boden bis zur Decke mit Blick über die Dächer der Stadt. Goldgerahmte Bilder. In der Küche eine Holzdecke mit dem Wappen des Erzbischofs Wolf Dietrich. Üppige Topfpflanzen. Im unteren Stockwerk das repräsentative Wohnzimmer mit roter Ledercouch, das Esszimmer mit Küche und im oberen Stock Schlafzimmer und Bad. Eine Stahltreppe führte über eine Galerie auf die oberste Dachterrasse. Auf dem Terrassenboden wetterfeste Teakdielen. An einem langen Esstisch mit Stahlbeinen und Steinplatte stehen filigrane Chromstühle. Dazu passende Liegestühle. Andreas zeigte ihr die Räume, die Dachterrasse, die durch die felsige Wand des Kapuzinerberges begrenzt war. Die Kulissen ihrer Vergangenheit, die Seile, der Schnürboden. Die Neustadt. Der Hexenturm. Ecke Wolf-Dietrichstraße – Paris Lodronstraße. Das Studentenwohnheim. Vor zwanzig Jahren hatte Lisa hier gewohnt. Alles sah noch aus wie damals. Der Sebastiansfriedhof. Maria Plain. Die Wallfahrtskirche. Die Aussicht hatte etwas von der fremden Vertrautheit eines Films oder eines Traums.

Und Lisa spürte die Gegenwart ihrer Eltern, als wären sie noch da. Doch sie waren tot. Seit langem schon. Sie und ihre kleinen Brüder. Lisa hob eine Vogelfeder vom Boden auf. Hielt sie hoch, blies sie in die Sonne, langsam segelte sie hinunter. Sie drehte sich weg von der Stadt. Der Berg. Vertraut wie ein alter Freund. Kapuzinerberg. Felsdurchsetzt, steinig, mit Fichte, Latsche, Bergahorn und Buche bewachsen. Als Kind hatte sie oft ihren Vater auf den Kapuzinerberg begleitet. Kleinklimatische Verhältnisse wie im Hochgebirge. Er war mit ihr die Wand hochgeklettert. Die Felswände steil. Aber nicht unzugänglich. Mit dem Rücken zur Stadt blieb sie ein paar Minuten stehen. Sie lauschte, ohne zu hören. Sie betrachtete den Berg, der steil und gezackt nach oben ragte. Etwas weiter oben konnte sie den Weg erspähen, auf dem sie vor langer Zeit mit ihrem Vater gegangen war.

»Erschrecken Sie nicht, wenn Steine von oben auf die Terrasse fallen. Das sind die Gämsen«, hatte Andreas gesagt. Lisa hatte kurz aufgelacht. Ja, der Kapuzinerberg war von Gämsen bewohnt. Nach dem Zweiten Weltkrieg hatte sich ein Gämsbock auf den Kapuzinerberg verirrt. Tierfreunde hatten Mitleid mit dem Einzelgänger und hatten ihm eine halbzahme Geiß aus der Steiermark gebracht. Seit damals lebten die Wildtiere mitten in der Stadt. Ein Rudel, ungefähr zehn bis vierzehn Tiere.

Kapitel 3

Lisa lag auf dem Hotelbett. Die Füße geschlossen. Die Arme seitlich am Körper. Wie eine geopferte Priesterin auf dem Altar. Seit der Trennung von Stefan lebte sie in keiner eigenen Wohnung mehr. Nur in Hotels und Pensionen. In Frankfurt hatte sie fast zwanzig Jahre gemeinsam mit ihm gelebt. Jetzt zog sie von einer Stadt zur anderen. Ihre Gedanken wanderten zurück nach New York. Hier lebte Claire. Ihre Cousine.

»Ich möchte Claire Miller sprechen«, hatte Lisa gesagt. Sie musste sich bei einem Concierge anmelden. Er rief bei ihrer Cousine an, dann nickte er. Der Lift bewegte sich lautlos. Siebzehnte Etage. Ein dunkler Korridor. Kameras überall. Lisa verharrte unschlüssig. Plötzlich, wie aus dem Nichts, stand Claire vor ihr.

»Komm!« Sie nahm Lisas Hand, zog sie schnell mit sich. Durch den Gang in eine Wohnung hinein. Sie schloss die Tür. Gab Lisa das Zeichen zu schweigen. Blickte durch den Türspion. Es vergingen einige Minuten, in denen Lisa ratlos neben ihrer Cousine stand.

»Hallo. Hat dich jemand gesehen?«

»Wie bitte? Nein, der Mann an der Rezeption. . .«

»Wer? Ach so. Juan? Kein Problem.«

Dann wandte sich Claire ihr zu. »Ach, entschuldige! Lisa, sei mir nicht böse!«

»Komm ich ungelegen?«

»Nein, nein. Ach, entschuldige. Lass dich ansehen.«

Claire hielt Lisa eine Armlänge auf Distanz.

Lisa hatte einen langen indischen Rock mit Riemensandalen an. Haare, die ihr weit über die Schulter reichten.

»Du siehst toll aus«, sagte Claire und küsste Lisa mitten auf den Mund.

Was ist mit ihr los, dachte Lisa. Mit dem Handrücken strich sie sich die Haare glatt. Claires Augen waren eisenfarben. Sie war schön. Ihre Gestalt strahlte etwas Faszinierendes aus. Durch eine Wildheit in den Augen und die ungewöhnliche Erscheinung. Als Studentin hatte sie sich die Haare geschnitten, kurz, hatte sie blauschwarz gefärbt, hatte sich silberne Ringe in die Lippen stechen lassen.

Viele Jahre später hatte Lisa Claire das erste Mal wieder im Fernsehen in einer Talkshow gesehen. Jetzt trug sie ihre Haare lang und blond. Ein langärmeliges, hochgeschlossenes schwarzes Kleid. Ihre Stimme hatte warm geklungen, voll und dunkel gewürzt, wie Lebkuchen. An ihren Ohren blaugrüne Ohrringe in Form von Skarabäen. Eine elegante Erscheinung. Sie hatte ein Buch geschrieben, das einen Hype auslöste. Eine Autobiographie. Ihre Fehlgeburt. Ihre Ehe mit einer Frau, die scheiterte. Lisa kaufte Zeitschriften, in denen Berichte über Claire erschienen. Auf den Bildern wirkte sie schön und kontrolliert. Die Claire auf den Fotos war aber wieder völlig anders als die, die jetzt vor ihr stand. Sie trug löchrige Jeans-Short, ein T-Shirt mit dem Aufdruck »*Create and Destroy*« und ging barfuß. Lisa rieb sich das Kinn und sah sich um.

Claires Wohnung war zwar nicht groß, doch mit vom Boden bis zur Decke reichenden Panoramafenstern ausgestattet. Eins ging direkt auf den Hudson-River. Eine ledergepolsterte Sitzgarnitur, ein großer Fernseher, ein Sideboard, eine dekorative Stehlampe, ein winziger Schreibtisch, kaum größer als ein Laptop. Edle Designermöbel. War Claire reich? Woher kam das Geld? Alles sah aus wie die Kulisse eines Films. Eine Inszenierung.

Lisa nahm Platz auf dem Ledersofa. Die Cousine stand im Sonnenlicht. Staubkörner flatterten um sie herum wie glitzernde Libellen. Sie holte aus der Küche eine Flasche Rotwein und eine Flasche Mineralwasser.

»Wir müssen unser Wiedersehen feiern!«, sagte sie. Sie lachte, doch ihre Augen nicht.

»Ja, wir müssen unser Wiedersehen feiern!«, sagte Lisa. Sie sah sich und Claire im Spiegelbild nebeneinander. Sie fühlte eine tiefe Verbundenheit. Die gemeinsame Studentenzeit.

Während Claire sich als Schriftstellerin und Reporterin in New York niedergelassen hatte, war Lisa mit Stefan nach Frankfurt gezogen. Stefan war Investmentbanker, arbeitete viel und verdiente gut. Lisa heiratete ihn und wurde Künstlerin. Sie hatte eine kleine Erbschaft, musste nicht Geld verdienen. Sie schrieb mit geheimnisvollen Schriftzeichen unzählige Notizbücher voll. Zerschnitt Zeitungen, klebte Artikel, Fotos in ihre Hefte. Malte. Sie hatte nicht bemerkt, dass Stefan immer seltener zu Hause war, immer öfter wegblieb.

Claire hatte sich neben Lisa gesetzt. Sie starrte in Lisas Augen hinein wie in einen Brunnen oder einen See. Als suche sie jenseits ihres eigenen Spiegelbilds nach etwas anderem. Etwas, was außerhalb ihrer Reichweite, aber bereits sichtbar war, funkelnd wie ein Diamant. Dann unterbrach sie abrupt die Stille, die zwischen den beiden entstanden war: »Wo ist Stefan?«

»Stefan ist tot.«

»Oh Gott!«

Claire riss die Augen auf und starrte Lisa an. Endlich gab sie ihre Überlegenheit auf. Lisa schüttelte langsam wie in Zeitlupe den Kopf. Sie sah sich selbst mit einer Plastiktasche, die man ihr im Krankenhaus gegeben hatte, nach Hause kommen. Mit einer Plastiktasche, in der sich Stefans Jeans, sein Wollpullover, sein Gürtel befanden. Die Beine der Jeans waren aufgeschnitten worden, wahrscheinlich von den Notärzten. »Sie ist hart im Nehmen«, hatte eine Krankenschwester zum Arzt gesagt. Sie hatte Lisa gemeint.

Lisa holte tief Luft. Das war nur Phantasie. Nicht Wirklichkeit. Der Gedanke an Stefan trieb Lisa einen stechenden Schmerz durch das Herz. Sie war auf seine Intensität nicht vorbereitet. Es fühlte sich wie Trauer an. »Ist nur ein Witz«, sagte sie zu Claire.

»Ein Witz?«, Claires Entsetzen schien echt zu sein. »Manchmal glaube ich wirklich, du bist verrückt«, fuhr sie fort. Sie verzog das Gesicht. Die ganze Zeit, während sie geredet hatten, war sie in Gedanken woanders gewesen. Lisa hatte sie für kurze Zeit in die Gegenwart geholt.

Claire trommelte mit den Fingerspitzen gegen ihr Glas. Das Sonnenlicht wanderte durch den Raum. Lisas Blick folgte ihm. Ihr wurde zunehmend unwohler. Die Bemerkung über Stefan war über dem Tisch im Raum hängen geblieben. Sie räusperte sich. Sie musste Claire ablenken. Also sagte sie: »Und du Claire? Wie geht es dir?«»Ach, Lisa. Wundere dich nicht, wenn ich etwas durcheinander bin. Ich habe einen neuen Mann kennengelernt. Jack. Du wirst ihn bald sehen.«

Ein neuer Mann? War er der Grund für Claires sonderbares Verhalten? Irgendetwas stimmte nicht. Das konnte Lisa spüren. Claire starrte in die Luft. Nach einer Weile sagte sie: »Brauchst du Geld? Hast du einen Job?«

»Brauch ich Geld? Einen Job?«

»Du wiederholst immer meine Worte.«

»Du wiederholst immer meine Worte«, wollte Lisa schon sagen, beherrschte sich im letzten Moment. Sie dachte nach. Ihr gesamtes Hab und Gut war in einer Garage untergebracht. Ein Storeroom. Sie zahlte Miete dafür. Ihr Leben war völlig auf den Kopf gestellt. Alles anders. Ein Neuanfang. Zurzeit lebte sie noch vom Erbe. Aber das würde nicht ewig reichen. Einen Job? Einen Job. Hier in New York? Das klang aufregend. Das wollte sie unbedingt. Würde Claire ihr einen anbieten? Welchen Job würde ihr Claire anbieten? Sie sollte sich vor ihr in Acht nehmen.

»Na ja«, sagte sie vorsichtig.

»Ich hätt unter Umständen was für dich. Aber es wär nicht ganz legal.«

»Nicht ganz legal?«

»Es geht darum, eine große Summe über die Grenze zu bringen.«

»Schmuggel?«

»Ich sagte, es sei nicht legal.«

»Geht es um Drogen?« Bis jetzt hatte sich Lisa immer davon ferngehalten. So gut sie konnte. Würde Claire sie ins Drogengeschäft verwickeln? Das würde die teure Wohnung erklären.

Claire sprach weiter: »Ich muss in den nächsten Tagen nach Salzburg fahren. Eine Geldlieferung. Begleite mich doch! Eine Rückkehr in unsere Vergangenheit. Die Universität, das Studentenheim, die Festspiele, du weißt schon. Nur, dieses Mal wohnen wir in einem Luxushotel.«

Nach *SALZBURG*? Lisa konnte nicht glauben, was sie hörte. Eine Rückkehr in die Vergangenheit? Genau das wollte sie ja mit allen Mitteln verhindern. Sie wollte Zukunft. Und dann noch Salzburg? Sie wollte nie wieder dahin zurückkehren. Sie hatte es geschworen. Auch wegen Claire. Jetzt sollte sie **mit** Claire nach Salzburg. Außerdem noch Geld schmuggeln? Obwohl das war interessant. Sie wollte schon immer einen Krimi schreiben. Das wäre sozusagen eine Recherche. Ein Krimi, der in Salzburg spielt. Verrückt. Sie griff sich an den Kopf. Suchte sie schon Argumente für die Reise? Sie könnte über die Hexenverfolgung schreiben. Im 17. Jahrhundert. Sie hatte Geschichte studiert. Eine Arbeit über die Hexenverfolgung geschrieben. Die Toten der Stadt waren ihr vertrauter als ihre eigenen Eltern gewesen. Es waren die Geister einer anderen Zeit. Lisas Eltern waren bei einem Autounfall um das Leben gekommen. Ihre Eltern und die kleinen Zwillingsbrüder. Lisas Trauer um sie war wortlos. Sie schrieb nicht über sie. Lisa blinzelte, sah in der Fensterscheibe ihr Spiegelbild und das von Claire. Dann kam ihr der Gedanke: Sie und Claire waren Überlebende. Vielleicht lag ein Fluch auf ihrer Familie. Geschichten aus der Vergangenheit, die sich miteinander verbinden und die Gegenwart bestimmen.

»Ich muss mit Jack reden«, sagte Claire, »ob er einverstanden ist, dass wir zu zweit fliegen.« In diesem Moment öffnete sich die Wohnungstür und Jack trat ein. Ihre Cousine sprang auf und küsste den Besucher. Lisa blieb sitzen. Sie starrte Jack an. Hohe Wangenknochen, graue Augen, die bei Licht grün leuchten. Sein Haar glänzte schwarz, wahrscheinlich hatte er es eingeölt. Ein schwarzes Hemd, eine schwarze Jean. Er legte einen Arm um ihre Cousine. Sein Blick glitt über Lisas Gesicht, ihre Lippen. Setzte sich an ihrem Hals fest. Als ihr Blick seinem begegnete, erschrak sie beinahe über dessen Schwärze. Etwas in seinen Augen berührte ihr Herz auf eine Weise, die sie zutiefst beunruhigte. Ihre Cousine hatte ihn umarmt. Unter seinem Hemd schimmerten dunkel Muskeln. Seine Gestalt war athletisch, wie ein Raubtier. Er hielt die Cousine in seinem Arm und blickte Lisa dabei unverwandt in die Seele.

»Du hast mir nie etwas von deiner Cousine erzählt«, sagte er.

»Ihr Besuch bedeutet auch für mich eine große Überraschung. Sie hat mit mir in Salzburg studiert. Ist dort geboren.«

»Sonderbarer Zufall.« Sie standen vor Lisa, betrachteten sie beide von Kopf bis Fuß und schwiegen. »Du meinst...«, begann ihre Cousine, beinahe wie in einem Selbstgespräch.

»Das wäre eine Möglichkeit.«

»Du meinst, sie könnte fliegen«, vollendete Lisas Cousine den Satz.

»Sie sollte nicht allein fliegen.«

»Sie könnte mich begleiten. Niemand kennt sie. Niemand weiß, dass sie meine Cousine ist.«

»Sie ist völlig unerfahren.«

»Ich würde sie begleiten.«

»Sie sieht so normal aus.«

»Das ist das Besondere an ihr.«

Jack ließ seine Blicke über Lisa gleiten. »Vielleicht hast du Recht?«

Claire holte tief Luft und fragte Lisa: »Willst du mit mir nach Salzburg fliegen?«

Sie spielte Theater: »Nach Salzburg?«

»Sie wiederholt immer die Worte anderer«, sagte Claire erklärend zu Jack. »Ja, nach Salzburg. Jack soll einem Geschäftsfreund eine große Menge Geld in Salzburg übergeben. Er selbst kann aber nicht fliegen. Deshalb übernehme ich das. Und du könntest mich begleiten. Wir besuchen die Festspiele.«

»Wir haben beide in Salzburg studiert. Lisa ist sogar dort geboren«, sagte sie zu Jack gewandt.

Oh nein, nicht Salzburg, dachte Lisa. Jede andere Stadt auf der Welt. Rom, Paris, London, aber doch nicht Salzburg. Nein, niemals im Leben. Sie hatte es geschworen. Sie musste jetzt widersprechen. Jetzt könnte sie noch nein sagen.

···

Als das Handy klingelte, saß Lisa regungslos in ihrem Zimmer. Sie dachte an Jack. Er strahlte etwas Unheimliches aus. Sollte sie mit Claire reden? Sie warnen? Würde Claire auf sie hören? Lisa hatte sich in New York ein Zimmer gemietet. Im Soho Grand Hotel. Am südlichen Ende des West Broadway. Die Rezeption im ersten Stock. Die Treppe mystisch beleuchtet. Das Geländer schmiedeeisern. Dunkelrosa Samtsofas in der Lobby. Minzgrüne Ledersessel. Lange wehende Vorhänge mit grün-blauem Farbenverlauf. Auf den Gängen altmodische Laternen. Schummriges Licht. Das Zimmer war winzig, umschloss Lisa wie eine Nussschale. Im Badezimmer eine Tapete voll aquarellgezeichneter Vögel. Kraniche. Eigentlich wollte sie es klingeln lassen, wollte nicht gestört werden. Doch dann musste sie nachgeben. Es war Claire.

»Ach, Lisa, sei mir nicht böse!«, sagte sie am anderen Ende der Leitung. »Ich kann nicht nach Salzburg fliegen.«

»Wie bitte?« Lisa konnte es nicht glauben, waren ihre Gebete erhört worden? Nicht nach Salzburg?

»Wichtige Termine halten mich zurück.«

Ja, ja, jubelte Lisa. »Ach, das ist aber schade. Ich habe mich schon so gefreut«, log sie.

»Ja, aber in ein paar Tagen habe ich alles erledigt. Du kannst früher fliegen. Ich komme nach. Ich habe die Flüge schon umgebucht. Du fliegst wie besprochen am Sonntag, beziehst das Hotel. Ich komme am Mittwoch nach.«

»Oh, gute Idee!«, flüsterte Lisa. War es möglich? Sie konnte sich nicht gegen Claire wehren.

»Einer von Jacks Leuten bringt einen Koffer

ins Hotel. Lisa, könntest du ihn mitnehmen? Das wäre toll. Eine große Hilfe. Du weißt ja, Cousinen müssen zusammenhalten. Vielen Dank. Wir sehen uns am Mittwoch! In Salzburg!«

Kaum hatte Lisa aufgelegt, klingelte es wieder. Die Rezeption. Ein Herr sei für sie da und möchte sie sprechen. Lisa stieg die Stufen hinunter in die Lobby. Da wurde sie schon erwartet. Einer von Jacks Mitarbeitern. Er wirkte freundlich und sehr höflich. Ein kräftiger Amerikaner im Nadelstreifanzug. Siegelring am Mittelfinger. Er überreichte Lisa einen dicken Umschlag – wahrscheinlich die Flugtickets und den Hotelvoucher – und den Koffer. Einen unscheinbaren braunen Koffer. In ihrem Zimmer öffnete sie den Umschlag. Ein normales weißes Kuvert. Als Lisa es in der Hand hielt, schien es ihr viel schwerer zu sein, als es aussah. Lisa riss es auf. Die Flugtickets waren nach Salzburg ausgestellt. Nach Salzburg! Nicht nach Paris, Rom, Buenos Aires oder San Francisco. Kein Versehen. Sie hatte nicht geträumt. Außerdem befanden sich im Umschlag säuberliche Bündel von Geldscheinen. Sie sahen nicht echt aus, so neu waren sie. Claire war großzügig. Oder war es Jack, der sie bezahlte?

Lisa schob das Geld wieder in den Umschlag und den Umschlag in die Tasche. Sie stand auf und ließ die Jalousien herunter. Im Raum verbreitete sich eine düstere Atmosphäre. Wie in einer Höhle. Sie näherte sich dem Koffer von der Seite, ließ die Messingschließe aufschnappen, hob den Deckel, ließ ihn zurückklappen. Claires Kleidung.

Lisa fuhr mit der Hand über die Rückwand, die Seitenwände. Ein doppelter Boden. Ein Geheimfach. Es war gar nicht so schwer, es zu öffnen. Darin befanden sich säuberliche Bündel von Geldscheinen. Noch nie in ihrem Leben hatte sie so viel Geld gesehen. Lisa zog die Luft hörbar ein. Das war Claires neue Seite, die sie noch nicht kannte. Claire war kriminell. Zumindest hatte sie einen kriminellen Liebhaber. Wie viel Geld lag vor ihr? Würde sie die Zollfahndung erwischen, müsste sie ins Gefängnis. Wahrscheinlich. Sie würde aber Claire nie verraten. Jack vielleicht schon. Er war ein Fremder. Wie viel Geld war das? Eine Million Euro? Etwas mehr. Zwei Millionen Euro. War es vielleicht Falschgeld? Spielgeld. Wie früher beim Monopoly. Das wäre witzig. Aber das waren echte Scheine. Die meisten davon Hunderter. Mit Banderolen, die den Aufdruck *10.000* trugen. Darunter ein kleines Päckchen. Die Aufschrift fein säuberlich: eine Million. Ein Stapel von Fünfhundertern. Zwölf Zentimeter hoch. Sie saß da und verharrte mit gesenktem Kopf. Geld war für sie nie so interessant gewesen. Aber jetzt verspürte sie einen unbändigen Wunsch, das Geld an sich zu nehmen und wegzulaufen. Egal wohin. Ein neues Leben aufbauen. Ein Künstlerleben. Ohne jede Verpflichtung. Ein Haus kaufen. Freiheit.

Nicht nach Salzburg fliegen. Nicht mit diesem unsäglichen Koffer. Er war nicht hässlich. Aber sie mochte ihn nicht. Dieser Koffer brachte Unglück. Das hatte sie sofort gespürt. Gleich bei der ersten Berührung. Ein schauriges Gefühl. Wie die Berührung eines Toten. Wie sollte sie damit über die Grenze kommen? Sie hatte überhaupt keine passende Kleidung zu diesem Koffer.

Sie stand auf, holte aus dem Kasten eine andere Tasche. Eine Tasche, die sie in Berlin gekauft hatte. Eine Tasche von »Liebeskind«. Das Design sehr schön. Wildleder. Die Oberfläche mit metallischem Glanz. Camouflage. Tarnfarbe. Die Farbe, die die Waffen-SS weltweit als erste Truppe für ihre Soldaten verwendet hatte. Farbige unregelmäßige Flecken oder Punkte in Form von Blättern auf einem braunen erdigen Grundton. Eine Farbe, die in der Wildnis mit der Umwelt verschmolz.

Dieses Muster hat die Mode in friedliche Städte gebracht. Die Aufteilung im Inneren übersichtlich und praktisch, mehrere kleine Fächer. Viel Stauraum. Ein Geheimfach. Ein zusätzliches Fach außen. Für Schuhe. Der ausziehbare Henkel kann mit einer kleinen Klappe mit Reißverschluss *versteckt* werden und ist bei Nicht-Gebrauch somit auch nicht sichtbar. Das Leder geschmeidig. Der Henkel gelb. Die Nähte schwarz.

Das Geld von dem Koffer in die Tasche umzuräumen, das musste erlaubt sein. Den Koffer wegzuwerfen, das wagte sie nicht. Sie nahm nur das Geld heraus und packte es in ihre Tasche. Ihr kam in den Sinn, dass sie sich neues Gewand kaufen könnte. Wildlederstiefel. Schmuck. Sie würde sich in jemand anderen verwandeln. Eine andere Identität. Eine neue Geschichte. Kleidung würde ihr dabei helfen. Kleidung und Geld. Sie würde nach Salzburg fliegen. Ein kurzer Ausflug in die Vergangenheit. Was sollte ihr geschehen? In Salzburg?

···

Lisa war von New York City nach Frankfurt gereist. Zwischenstation. Sie hatte *Chanel No. 5* verwendet. Der edle Duft verlieh ihr ein elegantes und sicheres Auftreten. Außerdem hatte sie auch gelesen, dass weibliche Drogenkurierinnen gern dieses Parfüm verwendeten, da es die auf das Aufspüren von Drogen abgerichteten Hunde in die Irre führte. Niemand hielt sie auf. Als wäre sie eine Hexe. Die unsichtbar werden kann. Eine Hagazussa aus der germanischen Mythologie. Ein dämonisch-bedrohliches Wesen. Die Hexe hat ihren Namen von der Hecke. Auf der Hecke sitzt die Hexe. Grenzgängerin zwischen Lebenden und Toten, Diesseits und Jenseits, zwischen der Menschenwelt und den Dämonen. Zwischen den Menschen und ihren Teufeln.

Kapitel 4

Als das Handy klingelte, war sie gerade eingeschlafen. Im ersten Moment dachte sie, es sei der Wecker. Sie streckt die Hand aus, um auf den Knopf zu drücken, aber es war kein Wecker da. Sie wusste nicht, wo sie war. Sah sich um. Dann kam langsam die Erinnerung. Sie setzte sich auf und nahm den Anruf entgegen. »Hallo«, sagte sie.

»Hallo«, sagte ihre Cousine. »Alles okay?«

»Ja. Der Koffer ist durchsucht worden.«

»Was?!«

»Ja.« Das hatte sie davon, dass sie nicht mitgeflogen war. Dann sagte Lisa: »Keine Sorge. *ES* ist in Sicherheit. Das war nur ein Scherz.«

ES bedeutete das Geld. Ob Claire das verstand?

Claires Stimme überschlug sich fast: »Bist du verrückt geworden?«

»Beruhige dich, Claire, es war nur ein Witz.«

Den Hörer in der Hand ließ Lisa sich auf dem Sofa nieder.

»Ein Witz?« Jetzt war es Claire, die dauernd die Worte wiederholte.

Als Lisa ihr zuhörte, hatte sie den Eindruck, das Hämmern ihres Herzens zu hören. Warum war Claire nur so nervös? Sie, Lisa, würde den Auftrag schon pflichtgemäß erledigen. Sie war ja nicht verrückt. Sie brauche sich keine Sorgen zu machen, versicherte Lisa Claire; alles werde gut. Claire schnappte nach Luft, dann sagte sie langsam, so als würde sie jedes einzelne Wort sorgfältig auswählen und nach strengen Richtlinien zu leicht verständlichen Sätzen aneinanderfügen.

»Du nimmst jetzt den Koffer und deponierst ihn im Safe – dieses Appartement besitzt einen Koffersafe – und rührst ihn nicht mehr an! Verstehst du?«

»Ja, ich verstehe!« Lisa zog die Silben in die Länge. Claire brauchte sie nicht wie ein Kleinkind behandeln. Immerhin war sie erfolgreich gewesen. Weil sie NICHT folgsam gewesen war. Ihr Instinkt hatte sie gerettet. Was für ein Glück! Sie würde das Claire alles genau erklären, persönlich. Nicht am Telefon. Jack und Claire hielten sie für unerfahren. Aber da täuschten sie sich. Lisa beschloss, in ihrem neuen Roman die neue Fähigkeit zu verwerten.

»Wir sehen uns am Mittwoch.«

»Super. Ich freue mich.«

Claire hatte aufgelegt. Lisa betrachtete den Koffer. Sie hatte die Gefahr, die er ausstrahlte, sofort richtig erkannt. Aber ohne das Geld war er nur Attrappe. Eine leere Hülle. Sie brauchte ihn nicht in den Koffersafe stellen. Sie fuhr mit einer Hand über die Spuren, die das Band der Zollbehörde hinterlassen hatte. Sie nahm ihren Rucksack aus der Reisetasche. Er war auch von Liebeskind. Kleiner und handlicher als die Tasche. In ihm verstaute sie die Geldbündel. Wer sollte vermuten, dass sie in ihm so viel Geld mit sich trug? Warum hatte sie sich auf Claire eingelassen? Wieder einmal? Claire übte auf Lisa einen magischen Einfluss auf. Stefan hatte nicht so unrecht, als er sie vor Claire gewarnt hatte. Lisa atmete tief ein und allmählich gewannen Erinnerungen eine Kraft, die sie noch niemals besessen hatten. Ihre Gedanken wanderten zurück zu Claire und ihre gemeinsame Zeit in Salzburg.

Claires Erscheinung war auffallend. Immer. Lisa erinnerte sich, als sie Claire das erste Mal im Lesesaal der Universitätsbibliothek gesehen hatte. Sofort lenkte sie alle Blicke auf sich. Lisa war das erste Semester inskribiert gewesen. Sie war neu an der Universität. Claire war schon im dritten Semester. Niemand wusste, dass sie verwandt waren. Claire war dunkel gekleidet. Ein langes Kleid, mit schwarzen Stickereien, voller geheimnisvoller Botschaften. Runen und Hieroglyphen. Fransenbesetzte Ärmel. Die Paspelierung handgenäht und in Fuchsia, Violett und Orange. Ein seltsames Alphabet einer fremden Welt. Sie stand aufrecht in der Tür, winkte.

Die anderen senkten ihre Köpfe, täuschten Lerneifer vor und wichen ihr aus. Nur verstohlen sahen sie hinüber zu ihr, die im Türrahmen stand umgeben von einem blassen, metallischen Glänzen der Beleuchtung des Raumes hinter ihr. Eine dunkle, fließende Erotik in ihrer Ausstrahlung. Der Lesesaal war in absolute Stille getaucht. Im ersten Moment wollte Lisa auch den Kopf senken. Sie saß reglos, wie versteinert da. Doch dann sah sie Claire lächeln. Nein. Kein Lächeln. Es war ein Lachen. Ein dunkles, tiefes Lachen.

Ganz langsam hob Lisa ihren Kopf. Erhob sich und ging durch den Raum der Schweigenden auf Claire zu, die ihr entgegenlachte. Ein Lachen, das Abenteuer versprach. Ein seltsames Glück. Sie waren Cousinen. Familie. Überlebende.

Kapitel 5

Es war Nachmittag. Semesterferien. Das Studentenheim fast leer. Claire zog an der Zigarette, lehnte sich zurück und schloss die Augen. Um ihren Hals eine feine rote Kordel, wie die adeligen Frauen, die die Französische Revolution überlebten - als wollten sie dem Schrecken der Guillotine ein Schnippchen schlagen. Sie verwandelten die blutigen Spuren des Todes, der Verdammnis in Schmuck, legten sie um ihren schneeweiß geschminkten Hals, um zu beweisen, dass sie noch immer am Leben waren und mit der dunklen Macht spielten.

»Nicht schlecht, Lisa oder?« Lisa hörte ihren Namen gerne aus Claires Mund und seufzte voller Wohlbehagen. Sie war nicht mehr einsam. Noch war nicht alles verloren. Claire war ihre Cousine und sie lebte. Alle anderen ihrer Familie waren tot. Seit Stunden lauschte sie Claires Geschichten. Claire liebte es, die schrecklichsten Geschichten mit ihrer tiefen und rebellischen Stimme zu erzählen.

»Unsere Familie wurde ausradiert, aber wir leben.« Claire sprach die schreckliche Wahrheit aus, als wäre es etwas, wofür Worte existierten. Geschichten.

Die Sonne stand schon hoch. Licht sickerte durch die Gardinen und schwebte in der Luft wie durchsichtige Seegräser in einem Teich. Claire in der Mitte des Zimmers. An ihren Füßen ein Paar neuer Schuhe. Blutrot mit seitlichem Reißverschluss. Sie hob einen Fuß, dann den anderen und begutachtet ihre Schuhe.

»Gefallen dir meine Schuhe?«

»Sie sind wunderschön.«

»Ich will sie dir schenken.«

»Was hast du vor?«

»Heute nehme ich dich mit.«

»Wohin?«

»Lass dich überraschen.«

꛰

Um zehn Uhr fuhr ein Auto in die Wolf-Dietrich-Straße. Zwei Männer. Dunkel gekleidet. Anzüge. Schwarze Anzüge. Augenbinden wurden Claire und ihr angelegt. Sie wollte sich wehren, sah dann jedoch Claire, die ihr beruhigend zu nickte. War es ein Spiel?

Sie beschloss, mitzuspielen. Lachte unsicher. Ein Lachen, das niemand erwiderte. Die Fahrt durch die Stadt. Lisa konnte keinen Verkehrslärm hören. Das Motorengeräusch ein leises Sirren. Alle Sinne wachsam. Der Geruch der fremden Männer. Bewegungen. Schweigen. Claires Atemzüge. Haut an Haut. Der Stadtplan im Gedächtnis gespeichert. Jede Kurve, jedes Halten mit der inneren Karte übereinstimmen. Aber Lisa verlor die Orientierung. Sie konnte nicht mehr sagen, in welche Richtung sie fuhren. Eine Steigung. Ein Berg. Kapuzinerberg, Gaisberg, Mönchsberg? Sie wusste es nicht. Sie überkam ein ganz sonderbares Gefühl, das zum Teil Entsetzen war und zum Teil eine Art schauriger Erregung. Die erste Wahrnehmung war Angst, die sich von fern näherte, wellenförmig auf sie zu rollte. Da hätte sie ein Zeichen für Ende machen können. Eine Handbewegung. Schreien. Laut protestieren. Das Auto hätte halt gemacht, man hätte sie aussteigen lassen. Sie wäre zurück ins Heim gegangen. Zurück. In ihr Leben. Nein. Sie blieb. Sie sah sich selbst wie ein Betrachter aus einer anderen Zeit. Das Auto hielt. Hände griffen sie an. Zogen sie aus dem Auto. Führten sie in das Innere eines Hauses. Die Augenbinde wurde entfernt.

Ein hohes, geräumiges Haus. Gedämpftes Licht. Geschlossene Fensterläden. Bogenfenster, wie man es in einem Herrenhaus oder einem Schloss fand. Eine große mit Distelmotiven dekorierte Treppe führte die Besucher vom Erdgeschoß in die Empfangszimmer, den Billardsaal, den Ballsaal, das Esszimmer mit den aufsehenerregenden halbkreisförmigen Fenstern. Das Farbenspiel dieser Räume, Rottöne, die sich im Spiel des Lichts verändern, der Marmor des Ballsaals. Man erwartete sie in einem großen Salon, dessen Fensterläden ebenfalls geschlossen sind. Kanapees mit hohen, geraden Lehnen. Kerzenlicht. Säulen, Empirestatuen und Louis XVI-Sesseln. Familienporträts von Vorfahren, die einem religiösen Orden angehören. An beiden Enden des Salons standen Konsolen, auf denen Porzellangegenstände ausgestellt waren und Blumenvasen mit Unmengen von farbenprächtigem Jasmin und seinem schweren, schwülstigen Geruch. Eine Sehnsucht nach einem wollüstigen Spiel.

Claire blieb neben Lisa stehen, sie berührte ihren Arm und flüsterte in ihr Ohr: »Niemals, hörst du, niemals, darfst du jemals davon erzählen, was heute Nacht passiert.« Sie küsste Lisa mitten auf den Mund. Lange. Lisa wollte sie abwehren. Doch Claire ließ ihre Lippen auf ihren, so als würde sie diese versiegeln. »Ewiges Schweigen. Versprich es!«

»Ich verspreche es«, sagte Lisa, aber ihre Stimme klang künstlich, als würde sie sich selbst auf einer Tonaufnahme sprechen hören.

Eine schmale Wendeltreppe hinauf. Ein Atelier. Unzählige Kleider. Kostüme. Als wären sie im Theater. Masken. Opulente Roben. Fahrbare Kleiderstangen. Kleider. Hauben, Kappen und Baretts, Schleier aus Gaze, Schals aus Spitze und Batist, Fächer aus bemalter Vogelhaut, bestickte Hausschuhe, schwere Atlasstoffe, gold- und silberdurchwirkter Brokat, Seide und Musseline, dazu verzierte Stofftäschchen, bunte Bänder, geklöppelte Spitze, Seidenblumen, Federn und Strumpfbänder. Friseure. Schminktische. Assistenten. Riesige Perücken. Weißes Farbspray. Visagistinnen? Koffer voller Perücken, Föhngeräten, Spangen, Lockenstäben, Glätt- und Kreppeisen. Roben von Dolce Gabbana. Die Kleider kostbar. Wie aus dem 18. Jahrhundert.

Mädchen wie Lisa und Claire wurden angekleidet, die Gesichter mit weißer Porzellanfarbe geschminkt. Ihre Haare so präpariert, dass extravagante Konstruktionen zum Teil aus Echthaar darauf befestigt werden können. Die Mädchen verwandelten sich in Märchengestalten, durchsichtig, weiße Mullbänder, eine kunstvolle Rose aus Papier, noch ein Haarteil extra. Die Mädchen verletzlich, weiß, durchsichtig. Seide, Chiffon. Jedes Mädchen sah aus wie ein Kunstwerk. Artifiziell. Als hätte sie das Menschsein hinter sich gelassen.

Lisa saß und beobachtete die Mädchen, die geschminkt und angekleidet wurden. Etwas stieß sie ab. Etwas stimmte überhaupt nicht.

Was war es? Der Geruch? Die Stimmen? Die Mädchen waren nicht von hier. Sie waren nicht von Salzburg. Sie hatten etwas Unheimliches an sich. Sie rochen so fremd. Ein Geruch, der aus einer anderen Welt kamen. Aus der Welt der Orgien. Die Mädchen. Mäuse. Kleine Mäuse. Sie wisperten und wuselten. Aus einer anderen Welt geschlüpft. Zart. Mager. Schnitt-spuren. Kleine Narben an Händen und Füßen. Narben wie Schriftzeichen. Fremde Schrift. Das Alphabet der Gewalt. Die Haut bleich. Blau-geädert. Die Kleider wie eine zweite Haut. Sie lachten nicht. Sie waren schön wie kleine Vögel, die aus dem Nest geworfen worden waren. Durchsichtig. Sie verfügten über ein Wissen, als hätten sie wie Hexen Jahrtausende durchwandert. Nichts schmerzte sie. Schmer-zen können sie nicht erreichen. Brandeisen. Schere. Sie miauten. Wie Opfertiere. Jenseits der Schmerzgrenze. Man reichte ihnen Tablet-ten. Sie schluckten sie hinunter mit einem Schluck Wasser. Sie verharrten. Eine Sekunde. Noch eine. Dann wirkten sie wie ferngesteuert.

Lisa hielt sich im Hintergrund. Sie drehte sich zu Claire um, sie wollte ihr etwas zuflüstern. Doch sie war verschwunden. Sie war wie vom Erdboden verschluckt. Ohne Claire wollte sie nicht hier sein. Für einen Augenblick verlor sie jede Orientierung, als sei sie mitten im

Leben in einen Alptraum geraten. Als würde sie sich in ein fremdes Wesen verwandeln, als würde sich ihr Körper seltsam leicht und luftig anfühlen, als sei er die hohle Chitinhülle einer Traumgestalt. Ohne ersichtlichen Grund überkam sie ein Frösteln, dann die unangenehme Empfindung, jemand bewege sich aus der Ferne durch einen langen, finsteren Tunnel auf sie zu. Ein tiefes Schweigen erfüllte den Raum. Dann ein Luftzug. Bewegungen ließen Schatten an der Wand tanzen. Die Nacht begann. Lisa witterte den Geruch fremder Körper. Zuerst schwach, dann durchdringend.

Sie wurde hochgehoben. Geheime Götter. Masken. Bleich, starr und unsterblich. Schwarze Roben. Teuflische Zeremonienmeister. Licht, das irgendwo aufflackerte. Ein anderes Licht, das die Finsternis durchschnitt und Gegenstände nacheinander aus der Dunkelheit holte. Gestalten. Einer mit einem Krummstab. Einer sah harmlos aus. Tarnung und Täuschung. Ein anthrazitgrauer Salzburger Trachtenanzug. Ein Hofrat. Sie alle kreisten langsam um Lisa. Wie hungrige Tiere auf der Jagd nach ihrer Beute. Gruben ihr die Seele aus der Brust. Feines Mädchen, das gehorchte. So fein. Stunden später ließ ein geheimer Befehl sie dahinziehen. Lisa beobachtete ihr Verschwinden ohne Erstaunen. Sie lehnte sich an die Wand. Eine

Tapete. Eine kleine Kerbe. Nein. Eine Öffnung. Niemand nahm sie zur Kenntnis. Niemand nahm Notiz von ihr. Sie stand ruhig. Fuhr mit den Fingern hinter ihrem Rücken versteckt den Spalt ab. Und ertastete einen Griff, mit dem sich die Türe öffnen ließ. Blitzschnell öffnete sie diese. Schlüpfte hinein und drückte die Tür wieder zu. Ein Geheimgang. Licht von irgendwo. Sie lehnte sich an die Wand. Ihr Herz klopfte bis zum Hals. Ein dämmriges Licht. Stiegen hinauf und hinunter. Stimmen waren zu hören. Von jenseits der Wand. Niemand, der sie suchte. Niemand, der sie vermisste. Lisa schlich durch die Gänge. Geheimgänge. Sie schlüpfte durch. Sie versteckte sich.

Als Kind war sie verschwunden. Immer wieder. Claire suchen. Das Haus verlassen. Stimmen. Männerstimmen. Männer, die ankamen. Sie kamen in Scharen. In bunter Vielgestalt. Von ihrem Versteck aus blickte sie in die Empfangshalle. Beobachtete die Gestalten, die wie auf einer Filmleinwand vor ihr vorbeizogen. Einer hob die Hand, eine feierliche Gebärde. Einer fiel auf. Gekleidet in Tracht. Lisa lehnte sich auf ihre Ellbogen. Musiker. Geiger, die anfingen, ihr Instrument zu stimmen. Sie zogen ihren Bogen über die Saiten. Die Mädchen kamen herein. Einer der Männer, der an der Wand lehnte, setzte sich in Bewegung, nahm ein Mädchen bei der Hand, und schwebte, als die Musiker einen Walzer anstimmten, mit seiner Tanzpartnerin hinaus, in einen anderen Raum, außerhalb von Lisas Sichtweite. Lisa schlich weiter. Vorsichtig. Schritt für Schritt. Kleine Öffnungen in der Wand. Sie konnte in ein Zimmer sehen. Hexentanz. Tanzpaare wälzten sich am Boden. Gruppensex von zwei Teufeln und einer Hexe dazwischen. Hexen erkannten im Sexpartner erst dann einen Teufel, wenn er kalt war »wie ein Eiszapfen« – so das Bekenntnis einer Frau unter Folter.

Ein neues Zimmer. Es war leer. Ein Holztisch. Langgezogen. Beleuchtet von unzähligen Kerzen. Lisa mochte dieses Zimmer nicht. Es flößte ihr Unbehagen ein. Ein Mädchen saß auf einem dunklen Samtsofa. Es saß kerzengerade, die Hände im Schoß gefaltet. Lisa ging weiter. Ein anderer Raum. In ihm Claire. Nackt. Kniend vor einem Mann. Lisa erschrak. Machte eine hektische Bewegung. Die beiden blickten in ihre Richtung. Lisa errötete. Bedachte nicht, dass zwischen ihnen eine Wand war. Sie schlich sich davon. Fand einen Ausgang. Öffnete die Tür und hastete durch die Nacht. Sie ergriff die Flucht.

~~~

Lisa wachte in ihrem Zimmer auf. Ewiges Schweigen hatte sie versprochen. Was hatte sie gesehen? Sie dachte an die Hexenorgien in Salzburg. Damals. Die Todesurteile für alle, die daran teilgenommen hatten. War sie in Gefahr? Claire eine Hure? Claire hatte ihr ein Geheimnis anvertraut. Ihre Freundschaft angeboten. Aber Lisa war einfach davongelaufen.

Fahles Morgenlicht und schwarze Umrisse. Eine Dusche. Die Jeans, die Jacke. Die Kelimtasche mit ihrem Schreibheft. Die Vorlesung im Wallistrakt der Residenz. Alte Geschichte. Begann um neun Uhr. Drei Studenten sahen sich zusammen einen Brief an und spähten verstohlen über den Papierrand zu ihr herüber. Sie nahm Platz in einer der Bankreihen, öffnete ihr Heft und lächelte schweigend einem unsichtbaren Gesprächspartner zu.

Sie verließ die Universität, schlich durch die Stadt. Salzburger Staatsbrücke. Plötzlich blickte sie auf und sah Claires Gesicht. Claire saß in einem Mercedes, der genau vor Lisa stand. War Claire in Gefahr? Nein. Sie wirkte unbesiegbar. Durch das hintere Fenster sah sie Lisa an. Das Auto hatte vor der roten Ampel gehalten, und ihr Gesicht war höchstens einen Meter entfernt. Sie starrte Lisa ausdruckslos an. Lisa kannte diesen Blick. So hatte sie ihre Mutter angesehen. Kalt und ohne den leisesten

Anflug von Zuneigung. Als wäre Lisa durch eine Prüfung gerasselt.

Lisa stand sprachlos da, wie betäubt. Sie atmete langsam ein und aus. Unwillkürlich streckte sie die Hand aus, berührte das Fenster des Autos, strich mit den Fingerkuppen über die Scheibe. Die Ampel schaltete auf Grün, und der Mercedes fuhr los.

Lisa stand wie angewurzelt und starrte dem Wagen nach, bis die Flut von Autos ihn verschluckte.

Kapitel 6

Der Mond tauchte das Hotelappartement im Wolf Dietrich in ein kaltes, bläuliches Licht. Lisa lag da und blickte zur Decke hoch.

Als sie aufgewacht war, hatte die Digitaluhr 1:06 angezeigt. Sie stand auf und ging in die Küche. Nahm eine Wasserflasche in die Hand, schraubte den Deckel ab und trank. Dann stand sie nur da, in der Hand die Flasche, schaute durch das Fenster über die Dächer. Die Salzburger Graben- und Satteldächer. Sie rauchte. Wolkenschatten glitten über den Nachthimmel. Auf dem Steinboden eine tote Amsel, die gegen das Fenster geprallt sein musste. Lisa spürte eine Trauer in sich, als hätte sie den Vogel geliebt. Das Licht des noch nicht aufgegangenen Mondes beschien die dunkle Stadt wie Scheinwerfer eine Filmkulisse.

Lisa dachte an die Geschichte, die sie einmal gehört hatte. Die Salzburger Altstadt sei durchzogen von einem Netzwerk von Tunneln und Kanälen. Es gebe unterirdische Verbindungen zwischen dem Obersalzberg in Berchtesgaden und der Stadt Salzburg. Die Nazis hätten Fluchttunnel geschaffen, die über weite Strecken bestehende Keller und natürliche Höhlen nutzten. Über den Almkanal könne man unter der Salzach durch bis hinter den Kapuzinerberg gelangen, ehe man wieder ans Tageslicht komme. Sonderbare Stadt. Kein Traum, keine Illusion oder Metapher. Die barocke Kleinstadt, die von den steil aufragenden Bergen eingerahmt wird. Dies ist Salzburg. Voller dunkler Geheimnisse. Keine Einbildung, nichts, was wieder verschwand wie eine Vision oder sich verzog wie eine Fata Morgana.

Allein in der Welt war Lisa. In der Gemeinschaft mit Toten. Schatten, die unter der Erdkruste durch eine sprachlose Unterwelt streiften. Leere umgab sie, Leere auch in ihrem Inneren. Der Unfalltod ihrer Eltern und Brüder war so lang vergangen, aber noch immer erlebte Lisa ihn als etwas Unvorstellbares. Etwas Unbegreifliches. Ihre Familie verschwunden, materiell aufgelöst, ausgelöscht, als wäre sie in ein Schwarzes Loch geraten. Das Universum hat viele Geschichten. Und es hat Schwarze Löcher, die alles verschlingen, was in ihre Nähe kommt. Der Kapuzinerberg. Die Terrasse schloss an die steile Felswand des Berges an. Während Lisa diesen betrachtete, beschlich sie das Gefühl, jemand rufe sie. Sie berührte sanft den Berg. Er atmete in ihre Hand hinein. Sie lauschte, ohne etwas zu hören. Sie erforschte den Berg, der steil und gezackt nach oben ragte. Weiter oben konnte sie einen Weg erkennen.

Ein Maschendrahtzaun am Ende der Terrasse. Schnell stieg sie über diesen. Im Schutz der Finsternis erklomm sie die Felswand. Wie damals in ihrer Jugendzeit. Sie war schon lange Zeit nicht mehr geklettert, aber sie hatte alles noch genau in ihrem Gedächtnis gespeichert. Ohne nachzudenken, suchte sie mit den Fingern Griffe im Stein, stieg mit den Füßen hoch. Tritt für Tritt. Verlagerte das Gewicht von einem Bein auf das andere. Zog sich hoch. Weiter. Das Grün der Gräser und Blätter wirkte im Mondlicht silbern und kalt. Verloren die lebendige, atmende Farbe, die es tagsüber hatte. Gras. Steine. Nackte Erde. Sie hielt sich mit den Fingern im Felsen fest. Ihre Füße suchten Halt. Ein Tier, ein Steinkauz vermutlich, flog vom Berghang los und ihr direkt über den Kopf. Sie konnte die Schläge seiner Flügel hören. Lisas Blick folgte ihm. Hinunter in die Linzer Gasse. Zur Dachterrasse. Zur Vorderseite des Hauses. Lisa sah ihn in Richtung des Flusses weitersegeln. Durch die Lüfte zu fliegen, was für ein Traum.

»Ich kann fliegen«, flüsterte Lisa in die Nacht hinein.

»Nein, kannst du nicht!«, antwortete eine Stimme in ihrem Kopf. »Was ist nur los mit dir? Bist du verrückt?«

Aber nein. »Keine Sorge! Ich passe auf«, sagte sie.

Mit wem sprach sie? Sie musste achtgeben. Selbstgespräche waren verräterisch. Obwohl sie hier niemand beobachtete. Aber man gewöhnte sich an sie und konnte dann nicht mehr innehalten, auch wenn man sich in Gesellschaft befand. Lisa holte tief Luft und schüttelte den Kopf. Natürlich wusste sie, dass sie nicht fliegen konnte. Sie war nicht verrückt.

Lisa mitten in der steilen Felswand. Kapuzinerberg. Stadtberg. Mitten in der Altstadt. Der Blick hinunter. Nacht. Immer die Vorstellung, wie andere lebten. In die Fenster der anderen spähen. Hier wohnten sicher gewöhnliche, glückliche Leute in hübschen Häusern. Eltern mit ihren Kindern. Lisa ahnte, wie sie leben. Sie war keine mehr von ihnen. Sie waren da unten in der sicheren Stadt. Sie im Felsen. Hoch über ihren Köpfen.

Weiterklettern. Sie entwickelte eine eigene Choreografie. Ein Muster. Mit der Hand einen Griff im Felsen suchen. Halten. Hüfte zur Wand. Arm ausgestreckt, über die Schulter greifen.

Das Gewicht von einem Bein auf das andere verlagern. Ein Pfad, schmal, führte über die Felswand zwischen den Bäumen durch zu einem kleinen Felsvorsprung. Auf Knien und Ellbogen kroch Lisa voran und ging hinter einem kleinen Bergahorn lautlos in die Hocke, um Atem zu holen. Dann richtete sie sich langsam auf und hielt Ausschau. Die Stadt wirkte im Mondlicht still und friedlich. Der Berg wie ein alter Freund. Steinern. Als könnte er ihr ein Gefühl von Sicherheit und Geborgenheit bieten.

Ein Gamsbock erschien geisterhaft in der Felswand. Lisa wartete. Es war völlig still. Er kam näher, keinen Meter von Lisa entfernt. Die Lauscher aufgestellt. Sie sah seine Augen im Mondlicht. Groß, lebhaft, rötlich gefärbt. Mandelförmig. Hörner wie ein kleiner Teufel. Gleich über den Augen, gerade, aber oben plötzlich hakenförmig nach hinten gebogen. Lisa spürte die aufregende Gegenwart des Tieres. Seine Schlauheit. Seine Geschicklichkeit. Den Menschen unzugänglich. Geräuschlos wie ein Wesen aus einer vollkommen anderen Welt. Er sah sie an.

Lisa verharrte regungslos. Sie sah ihn an. Dann drehte er sich von Lisa weg und zog friedlich weiter. Mit geschmeidigen Sprüngen kletterte er hoch, weit hinauf, bis er auf einmal aus Lisas Blickfeld verschwunden war.

Lisa blieb auf dem Felsvorsprung stehen. Eine kleine Terrasse mitten im Berg. Von der Natur geschaffen. Lisas Atem wurde von der Stille des Berges aufgesogen. Die wenigen Geräusche, die von der Stadt heraufkamen, wirkten fern und leise. Lisa hatte das Gefühl zu versinken, so, als würde sie von einer anderen Wirklichkeit verschluckt, die grenzenlos war. Zeitlos. Der Mond schob sich über den Horizont und färbte die Stadt blassblau.

Sie setzte sich langsam auf den Boden. Der Felsvorsprung groß genug, um zu liegen. Den Kopf auf dem angewinkelten Arm blickte Lisa über die Dächer der Stadt. Von hier aus konnte sie die Dachterrasse ihres Hotelappartements genau erkennen. Sie konnte alles sehen, war selbst jedoch unsichtbar.

Steif ragten Grashalme nur wenige Zentimeter vor ihrer Nase auf. Lisa hielt den Atem an und ließ, so sanft sie konnte, die Luft aus ihren Lungen entweichen, um die Stille nicht zu stören. Sie schob die Finger tastend ins Gras, bis es sich teilte und sie den grünen Lebenssaft unter ihrer Fingerspitze spüren konnte. Ihr Mund fühlte sich trocken an. Die Sehnsucht nach Wasser. Sie blickte hinunter ins Hotelappartement. Die Wasserflasche am Tisch.

Sie lehnte sich an die Felswand. Ein Luftzug. Aus dem Innern des Berges. Ein Riss im Felsen.

Sie beugte sich, sah durch eine Öffnung hinein in eine Höhle. Sekundenlang streifte ein Mondstrahl über alles, und das Innere der Grotte hob sich ab wie ein Negativ. Lisa verharrte geduckt am Boden, wie ein Reptil. Vor ihr öffnete sich eine neue Welt. Dumpfe Töne, die aus dem Berg zu kommen scheinen, so als schlüge darin ein gewaltiges Herz, das Lisa hören konnte. Sie schlüpfte hinein. Gleich neben dem Eingang setzte sie sich nieder. Mit dem Rücken an die Wand. Sie atmete mehrmals tief durch und ließ ihrem Körper, ihren Augen Zeit, sich an diesen dunklen Raum zu gewöhnen. Die Luft war kalt und roch nach Erde. Staubteilchen wirbelten auf. Das einfallende Licht machte aus der Grotte eine bizarre Basilika.

Diese Welt war ihr unbekannt. Dennoch spürte sie ein Gefühl von Geborgenheit. Als hätte ein Riss den Berg gespalten, um ihr Herberge zu gewähren. Als hätte die Höhle nur auf sie gewartet. Hier im Berg war es warm und still. Die Seitenwände waren glatt. Nur einige Polster von moosartigem Zeug, das hier und da wuchs. Gegen die Wand gelehnt, saugte sie die modrige Luft in ihre Lungen. Lisa hob die Handballen an die Augenhöhlen und ließ die Ellbogen auf die Knie sinken. Sie atmete die Kühle des Berges ein, die, während sie ihr ins Gesicht wehte, den Duft seiner Stille verströmte. Bald konnte sie die Umrisse ihrer Hand erkennen, wenn sie diese dicht vors Gesicht hielt. Wie die Augen einer Katze gewöhnten sich auch ihre an die Dunkelheit. Alle Szenen der Erdoberfläche rückten in die Ferne. Sie dachte nach. Die Höhle war das perfekte Versteck.

Als Kind hatte sie ihren Kleiderschrank zu einem Zufluchtsort umfunktioniert. Sie hatte sich so klein wie nur möglich gemacht und war stundenlang in dieser Haltung verharrt. Sie hatte einen Sehschlitz, den sie jedoch selten benutzte. Sie hatte die Möbel beobachtet, die ohne Menschen ein Eigenleben zu führen schienen. Die Gespräche der Mutter und des Vaters kamen wie Wellenbewegungen an ihr Ohr. Sie verstand die Worte nicht, hörte nur ihren Klang. Sie verspürte ihre Enttäuschung, ihre Wut. Sie hatten sich das Leben anders vorgestellt. Sie waren aneinander gekettet. Die Ehe unglücklich. Der Vater und seine Liebschaften. Nur wegen Lisa waren sie zusammengeblieben. Dann war die Mutter noch einmal schwanger geworden. Das hatte zuerst wie ein Glück ausgesehen. Wie eine Erlösung. Der Unfall hatte alles beendet.

Lisa hatte sich an der Hand verletzt, ohne es zu merken. Sie blickte auf die dünne Blutspur. Sie dachte an ihre eigene Ehe.

Stefan war ihrem Vater ähnlicher, als sie je gedacht hatte. Ein Betrüger. Ein Lügner. Wäre er doch tot! Ein alter Fluch aus der Antike fiel ihr ein. Sie sprach ihn Wort für Wort aus: *»Zerreiße, zerquetsche, zermalme, liefere diesen Mann Pluto, dem Herrn der Toten aus. Ihn sollen befallen Fieber, Frost, Kolik, Todesblässe, Ströme von Schweiß, Fieberschauer morgens, am Tage, abends und nachts, von dieser Stunde, diesem Tag, dieser Nacht an und verwirre ihn, damit er keine Genesung bekommt; aber wenn er nun doch eine Gelegenheit dazu findet, dann erwürge ihn, im warmen Bad, im kalten Bad, ja überall. Jetzt, jetzt, ohne Aufschub.«* Sie fuhr mit der Zunge über das Blut. In Salzburg hatten sie sich kennengelernt. Es war nicht dieses plötzliche, heftige Gefühl gewesen, das zwei Menschen bei der ersten Begegnung wie ein elektrischer Schlag treffen kann, sondern etwas Ruhiges und Sanfteres, wie zwei Lichter, die nebeneinander in einer ungeheuren Finsternis flackern und sich nach und nach, kaum merklich, immer näherkommen.

Lisa zuckte zusammen, als hätte sie Feuer auf der Zunge. Jetzt war alles falsch. Er hatte alles zerschlagen. Alles, von Grund auf. Er hatte sie über Jahre hindurch betrogen. Er hatte gelogen. Nichts, das blieb.

Andere Erinnerungen tauchten auf. Das Studium. Alles erschien noch in den kleinsten Details in einer so leuchtenden Plastizität, dass sie in Gedanken anfing zu malen. Sie sah sich selbst mit einer Umhängetasche, unter dem Arm immer ein paar Bücher, Kunstbücher, sowie einen Skizzenblock. So war sie vor langer Zeit auf die Universität gegangen. Sie hatte sich an der Tasche festgehalten. Nach dem Unfall. Manchmal der Wunsch nach einer anderen Geschichte. Die Eltern. Die kleinen Brüder. Noch am Leben. Als könnte sie die Zeit zurückdrehen und eine neue Gegenwart erfinden.

Kapitel 7

Ein Blick die Linzergasse hinauf. Ein Blick hinunter. Niemand, der um diese Zeit unterwegs war. Lisa zog wie früher durch die Stadt. Nachts. Wie Rauch durch Ruinen. Der Rucksack stets bei ihr.

Die Linzergasse entlang. Dann die Schallmooser Hauptstraße weiter. Versteckt auf einem Hügel die drei Kreuze. Seltsame Mahngruppe. Kreuze und regenverwaschene Steine, wo Schriften mit den Jahren verblassen. Ein Hügel. Zu den Füßen des Hügels eine Imbissstube. Verwahrlost. Ein verblichenes Schild mit einer Telefonnummer, die man anrufen möge, falls man etwas bestellen möchte. Schon lange ohne irgendeinen Anschluss. Dahinter der Kapuzinerberg, der wie eine Wand hochragte und den Blick verstellte. Ein Tor in den Luftschutzkeller aus dem Zweiten Weltkrieg. Verschlossen mit einer dreifachen Stahltür.

～

Schallmooser Hauptstraße. Von der Altstadt her wehte föhniger Wind. Er roch wie glühendes Metall. Die Steigung des Berges im Dunkeln. Kapuzinerberg. Die drei Kreuze. Christus und die zwei Schächer. Auf dem mittleren Christus, auf seiner Rückseite noch ein Christus. Zwei Christi. Die Pluralform für Christus war ungewöhnlich. Wirkte seltsam. Die Einzahl viel vertrauter. Christus und sein Zwilling. Rücken an Rücken. Doppelgänger. Einer blickte in die Stadt hinein, der andere stadtauswärts. Eine Doppelgestalt. Wie Janus. Gott der Heiden. Sinnbild für Anfang und Ende.

Lisa betrachtete die Figuren und sah darin andere Gequälte. Hier hatte man Hexen verbrannt. Hier war Richtstätte gewesen. Lisa verharrte regungslos, verlor sich in einer anderen Zeit. Hörte den Sand, der durch das Stundenglas rieselte. Christusfolter. Hexenfolter. Gespiegeltes Leiden. Doppeltes Martyrium durch die Zeiten hindurch.

Der Widerhall einer Jagd. Menschenjagd. Fernes Brüllen und Rufen. In den Augen von Zuschauern schimmerte rotes Feuer. Der Übergang vom Leben zum Tod. Wenige wurden lebendig verbrannt. Den meisten gewährte der Erzbischof die Gnade der Erdrosselung. Sie wurden an einen Pfahl angebunden und mit einer Schlinge, die um ihren Hals gelegt wurde, erdrosselt. Oder den Verurteilten wurde ein Säckchen mit Schießpulver um den Hals gebunden. Das explodierte, wenn sich die Flammen näherten. Die Augen von Todgeweihten beobachteten, wie hinter der Feuerglut das dunkelnde Weltende hereinbrach. Von einer Welt in die Welt einer anderen Wirklichkeit. Von unzähligen Augen scharf belauert. Als gäbe es doch den Blickwechsel. Von Christus zu Hexe. Ein anderes Sehen. Finsternis. Stille. Letzte Blicke auf Christus am Kreuz. Und er immer in hölzerner Reglosigkeit. Auf ewig gefangen in seinem eigenen Sterben. Über die Jahrtausende hinweg.

Wolf-Dietrich-Straße, Ecke Paris-Lodronstraße. Der Waschsalon. Einen Moment glaubte Lisa, die kleinen Brüder im Inneren der Wäscherei auf der Wartebank zu sehen. In der nächtlichen Stunde der Stadt. Lisa erstarrte. Biss sich schmerzhaft auf die Unterlippe. Lehnte sich gegen das kühle Glas. Schüttelte den Kopf. Niemand zu sehen. Nur Erinnerungen.

Wie ein Stakkato von Lichtern, das durch die Finsternis zog. Der Hexenturm, der im Zweiten Weltkrieg zerbombt worden war. Jetzt an seiner Stelle ein unscheinbares Wohnhaus, das in den sechziger Jahren erbaut wurde. Im Erdgeschoß die Wäscherei. »Hättest du zu dieser Zeit gelebt, hätten sie dich sicher als Hexe verbrannt«, hatte Stefan gesagt, »Damals war die Welt noch in Ordnung.«

Lisa war nach dem Unfall ihrer Eltern ins Studentenheim gezogen. Gegenüber dem Hexenturm. Es gab eigene Waschmaschinen für die Studenten, doch Lisa zog es in den Waschsalon. In die Hexenwäscherei. Gleich rechts neben dem Eingang das Bild von dem Hexenturm. Ein altes Foto, das auf eine Leinwand aufgezogen war, als Schmuck oder als Warnung. Rondell des Horrors. Schießscharten anstelle von Fenstern.

Lisa hatte mit ihrer Kleidung die Waschtrommeln angefüllt, sich auf die Wartebank gesetzt und in ihren Büchern gelesen. Sie liebte den Geruch der Chemikalien, all die bescheidenen und doch widerstandsfähigen und ausdauernden Maschinen, die seit Jahrzehnten versuchten, Sauberkeit in die Kleidung der Kunden zu bringen, an einer Stelle, da die Stadt unglaubliche Schuld auf sich geladen hat.

Der Atem der Vergangenheit. Auslagenfenster mit teilweise verdunkeltem Glas. Blaue Schriftbänder: Waschen und reinigen. Exquisit. Das Bedürfnis nach Sauberkeit. Nach Reinigung. Nach Säuberung. Über den Auslagefenstern die Hauswand. Fünf Stockwerke hoch. Rotbraun. Wie die Glut eines Scheiterhaufens. Eine Gedenktafel hoch über den Köpfen der Passanten. Ein Denkmal der Hexenverfolgung. Wer sie sehen wollte, musste seinen Blick heben und sie richtiggehend suchen. Für alle anderen war sie unsichtbar. Kaum ein Bewohner der Stadt kannte sie. Vielen entging sie. Ein Bildmosaik. Eine Hexe wie ein Mannequin. Mit wenigen Strichen gezeichnet. Beide Arme, überlang und bleistiftdünn, weit zur Seite gestreckt. Als wäre sie jetzt kampfbereit. Eine Kriegerin der modernen Hexen. Aus der Zeit gefallen. Auf langen schlanken Beinen schwebte sie über kaltem Feuer. Die Haare stachelig aufgestellt. Die Frisur einer Punkerin aus unserer Zeit. Im trügerischen Trapez der Phantasie springt sie durch einen Feuerreifen. Nach Süden blickend. Das Gesicht der Verdammnis zugewandt. Zur Richtstätte hin. Feuerfest.

⁂

Hexenturm. Schreckensort. Früher ein Befestigungsturm, dann Kerker, dann ein Lager für Kriegsgeräte, Baumaterial und Chemikalien. Im Zweiten Weltkrieg zerbombt. Jetzt ein Wohnhaus. Lisa hatte sogar eine Zeitlang hier gewohnt. Gemeinsam mit ihrer Mutter, als diese für kurze Zeit ihren Ehemann verlassen hatte. Vor der Geburt der Zwilling. Es wohnte sich gut im Hexenturm, hatte sie allen gesagt, die sie fragten. Trotz der düsteren Geschichte.

In Salzburg war das Besondere, dass viel mehr Männer als Frauen getötet wurden. Junge Burschen, die sich zu Bettlerbanden zusammengeschlossen hatten. Der Jüngste war erst zehn Jahre alt. Einhundertdreiunddreißig Exekutionen. Keine Gefängnisstrafen. Nur Hinrichtungen. Oder Freilassungen. Wer im Hexenturm gefangen ist, wartet auf seinen Prozess, auf die Verhöre, auf die Folterungen. Gefoltert wurde im Rathaus. Auf der anderen Seite der Salzach.

Im Hexenturm soll man die Gefangenen in Kupferkessel gesperrt haben, die von der Decke hingen. Es herrschte der Aberglaube, dass Hexen und Zauberer sich in Luft auflösen, sobald sie den Boden berührten. Deshalb gab es im Hexenturm keine ebenerdige Türe. Die Wächter fürchteten sich vor ihren Gefangenen. Nur wenige Häftlinge überlebten. Schwerverletzt überstanden manche die Folterungen und wurden freigelassen, weil sie sich beharrlich weigerten, ein Geständnis abzulegen, das sie auf den Scheiterhaufen brachte. Sie kannten das Wesen von Folterknechten. Kannten sich mit ihren Blicken aus.

Lisa schüttelte den Kopf, um diese Bilder zu vertreiben. Sie schloss die Augen. Lichter in verschiedenen Formen und Farben. Die Geister der Stadt. Sie gingen durch die gelb gestrichene Wand, gaben Lisa geheime Zeichen. Verlorene Seelen, die von den drei Kreuzen nicht wegkamen. Richtstätte aus den vorigen Jahrhunderten. Nach ihr war ein Hotel benannt worden. Das Hotel »Drei Kreuz«. Irgendwie kam es Lisa vor, als hätte sie immer hier gelebt, an der Hauptroute der Gespenster.

Kapitel 8

Lisa öffnete die Tür ihres Hotelappartements und im Gang stand der Mann mit den Doc-Martens-Schuhen. Obwohl er nicht im Freien war, trug er eine Sonnenbrille mit verspiegelten Gläsern und ein schwarzes ärmelloses T-Shirt. »Wohnen Sie auch hier?«, fragte er. Er war groß und muskulös und hatte die Haare am Hinterkopf kurz geschoren. Eine Hand hatte er in die Tasche seiner Hose geschoben. Er war keinen Meter von Lisa entfernt. Sie hielt sich instinktiv am Träger ihres Rucksacks fest: »Sie auch?«

»Ich habe zuerst gefragt«, sagte er. Er stand einfach so da und sah Lisa an. Lisa konnte seine Augen durch die dunklen, spiegelnden Gläser der Sonnenbrille nicht erkennen. Sie nickte.

»Also sind wir Nachbarn.«

»Ja.«

Lisa sah auf ihre Uhr. Neun Uhr sechsundzwanzig. Sie war gerade auf dem Weg in das Stadtarchiv. Der Mann drehte sich um und ging voran, während ihm Lisa folgte. Er machte ein paar Schritte, blieb stehen und drehte sich nach

Lisa um. »Ich kenne Sie!« Lisa spürte ihr Herz hämmern. »Sie sind Schriftstellerin. Ich habe Ihre Bücher gelesen.«

Ihre Bücher gelesen? Er wusste also viel mehr über sie als sie über ihn.

»Ich muss los. Ich habe eine Verabredung.«

Der Nachbar runzelte leicht die Stirn.

»Nur zu«, sagte er. »Ich halte Sie nicht auf.«

»Aber wir könnten uns ein anderes Mal treffen. Jetzt habe ich leider keine Zeit.« War sie verrückt geworden? Claire dürfte nichts davon erfahren.

»Ich nehme Sie beim Wort! Morgen Abend. Sechs Uhr! Okay??«

»Ja«, murmelte Lisa und lief eilends die Treppen hinab.

···

Die Dachterrasse war nur mit einer niedrigen Holzwand vom anderen Appartement abgegrenzt. Der Nachbar lehnte sich über sie hinweg und sah Lisa an: »Wollen Sie zu mir kommen?«, fragte er.

»Ja«, sagte Lisa. Sie trug ihr Nietenarmband.

»Einen Moment. Ich öffne Ihnen die Tür.«

Dann stand Lisa im Appartement des Nachbarn. Er führte sie hinaus auf die Dachterrasse. Alles sah aus wie bei Lisa. Nur spiegelverkehrt. Auf der Terrasse standen zwei stoffbezogene Liegestühle. Auf einem war ein schwarzes Tuch ausgebreitet, auf dem anderen lagen eine Schachtel Gauloises ohne Filter, ein Aschenbecher, ein Buch und ein Smartphone mit Lautsprecher. Hardrock. In niedriger Lautstärke. Der Nachbar schaltete die Musik aus und räumte den Stuhl für Lisa frei.

»Fühlen Sie sich wie zuhause.«

Die beiden Liegestühle standen da wie theatralische Requisiten. Lisa nahm Platz. Vom Stuhl aus konnte sie, wie auf ihrer Terrasse, über die Dächer der Stadt sehen. Die Neustadt. Rechts der Salzach. Die Altstadt. Links der Salzach. Die Stadtberge.

»Möchten Sie etwas trinken? Wein, Bier oder Whisky?«

»Nein, danke.«

»Wirklich nicht? Nur keine falsche Bescheidenheit.«

Lisa schüttelte den Kopf. Doch der Nachbar reichte ihr ein Wasserglas, gefüllt mit einer goldgelben Flüssigkeit: »Wollen wir nicht du zueinander sagen?«

»Gern.«

»Lukas.«

»Lisa.«

»Bist du auf Urlaub in Salzburg?«, fragte sie.

Er sah sie mit verdutzter Miene an, als wollte er sagen: Wieso kennt sie mich nicht? Zehn oder fünfzehn Sekunden saß er nachdenklich da. Nach einer Weile griff er in seine Hosentasche und zog eine Karte heraus und reichte sie Lisa. Eine Visitenkarte. Sie war aus dünnem Kunststoff. Als einzige Beschriftung trug sie eine Zeile kleiner tiefschwarzer Buchstaben: *Lukas Kummer.*

Lisa drehte die Karte um. Die Rückseite war leer. Ein Schatten von Unmut glitt über Lukas' Gesicht. Da wurde Lisa schlagartig bewusst, woher sie ihn kannte. Wie konnte sie nur so dumm sein! Natürlich! Er war es! Lukas Kummer. Berühmter Schauspieler. Ein Star bei den Salzburger Festspielen. Und sie hatte ihn nicht erkannt!

Langsam hob Lukas seine Arme, eine ernste und zugleich sanfte Bewegung, die aussah wie eine Beschwörung, er sagte:

»Die Welt ist dumm, gemein und schlecht
Und gebt Gewalt allzeit vor Recht,
ist einer redlich, treu und klug,
Ihn meistern Arglist und Betrug«

»Du bist der Teufel«, sagte Lisa, »Der Teufel im *Jedermann.*«

Er verstummte, saß zehn oder fünfzehn Sekunden nachdenklich da. Dann ließ er die halb gerauchte Zigarette fallen und zertrat sie mit seinen Schuhen. Lisa nippte wieder an ihrem Glas. Sie spürte, wie sich der Alkohol mit einer seltsamen Schwere in ihr ausbreitete. Ihr Blick wanderte über die blechernen Dächer hinweg. Lisa lehnte sich vor und einen Moment glaubte sie, in großer Höhe über der Stadt zu schweben, über sich selbst, und hinab auf eine Ansammlung von Spielzeughäusern zu schauen. Dann war sie wieder auf dem Dach, sie sah sich selbst neben Lukas sitzen. In ihren eigenen Atem gehüllt. Lukas war in ein langes Schweigen versunken. Es schien so, als würde er schlafen. Lisa nickte ihm zu, wie einer Gestalt, der man im Traum begegnet. Er nahm ihre Hand, wich gekonnt den Nieten ihres Armbandes aus: »Komm!« Er zog sie hoch, küsste sie, hauchte etwas in ihr Ohr hinein.

~~~

Sommerliches Sonnenlicht fiel vom hohen Fenster auf die obere Wand und schien von dort auf sie herunter. Lisa lag wach auf dem Bett, ihre Hand baumelte über den Boden. Sie drehte sich um und betrachtete ihn. Hatte sie mit dem Teufel geschlafen? Er lag neben ihr und schlummerte. Er gefiel ihr. War attraktiv. Sie schmiegte ihr Gesicht an seinen Hals und schlief wieder ein. Als sie aufwachte, saß er angezogen auf der Bettkante und lächelte zu ihr herunter. Aschblonde Stirnfransen hingen ihm zerzaust ums Gesicht. Er hielt ihr eine Tasse Kaffee hin.

»Hi«, sagte sie.

»Hallo«, sagte er und hielt ihr die Tasse an die Lippen.

»Wie spät ist es?«

»Mittag.«

»Musst du los?«

»Ja.« Sie trank den Kaffee. Er strich sich das Haar zurück und nahm ihr die Tasse ab. Dann fuhr er ihr mit der Hand den Bauch hinunter und grinste.

Als sie dann wieder aufwachte, stand er angezogen im Raum und kämmte sich. Sie schaute ihm zu. Er steckte den Kamm in die Hosentasche, drehte sich um und kam herüber zum Bett: »Ich muss los.«

»Okay.«

Er strich sich das Haar zurück: »Wann sehen wir uns wieder?«

»Keine Ahnung?«

»Was machst du heute Abend?«

»Nichts.«

»Dann sehen wir uns? Du wolltest mir die Stadt zeigen.«

»Das werde ich. Dann haben wir eine Verabredung.«

»Exakt. Ich muss jetzt wirklich gehen.«

»Ach was.«

Eine Stunde später verließen sie beide das Appartement. Was würde wohl Claire sagen, wenn sie Lisa so sähe? Oder Jack?

Lisa beschloss, sich keine Sorgen zu machen. Sie fühlte sich glücklich. Lukas Kummer durch die Stadt Salzburg zu führen. Was wollte sie ihm zeigen? Das schöne, das festliche Salzburg? Nein, das war langweilig. Sie wollte ihm das Salzburg der Hexen und Zauberer zeigen. Das dunkle, düstere, unheimliche Salzburg.

~~~

Kapitel 9

Lisa trank den Kaffee, den sie sich vor wenigen Minuten zubereitet hatte. Der Regen hatte aufgehört, aber der Himmel war noch mit grauen Wolken bedeckt. Sie ging hinaus auf die Dachterrasse. Auf der anderen Seite des angrenzenden Appartements stand Lukas. Auch er hatte eine Tasse Kaffee in der Hand. Als er Lisa sah, leuchtete sein Gesicht auf. Es war ein Lächeln, als träte er nach einer langen Wanderung durch einen tiefen und dunklen Wald auf eine Lichtung. »Guten Morgen!« Mit einer raschen Bewegung überkletterte er die Mauer und stellte sich neben Lisa.

»Guten Morgen!«, antwortete sie. Lukas trug wieder die Sonnenbrille mit verspiegelten Gläsern und ein schwarzes ärmelloses T-Shirt. Hinter seinen Ohren konnte Lisa noch Reste der roten Theaterschminke entdecken. Er liebte die Maskierung. Die dunkle Sonnenbrille hatte vermutlich den Zweck, seine Identität zu verbergen. In Wahrheit fiel er damit erst recht auf, denn er trug sie immer. Auch in Innenräumen. Sie war sein Markenzeichen geworden.

Nur auf der Bühne nahm er sie ab. Und im Schlafzimmer. Sie setzten sich nieder, tranken Kaffee. Vom Stuhl aus konnten sie über die Dächer der Stadt sehen. Die Neustadt. Rechts der Salzach. Die Altstadt. Links der Salzach. Die Stadtberge.

»Die Stadt ist wunderschön«, sagte er.

»Ich bin hier geboren und aufgewachsen.« Sie zeigte hinüber zum Studentenheim. »Hier habe ich gewohnt. Vor zwanzig Jahren.« Sie nickte stumm, hielt die Tasse mit beiden Händen, nahm einen winzigen Schluck.

»Vor zwanzig Jahren? Dann bist du jetzt zurückgekehrt.«

»Ich bin nicht zurückgekehrt. Ich bin hier auf Urlaub. Eine Woche. Dann verlasse ich die Stadt wieder.«

»Wohin?«

»Ich weiß es noch nicht.«

»Warum weißt du es nicht?«

»Das ist kompliziert.«

»Du könntest nach Berlin kommen. Ich habe da eine Wohnung, die könnte ich dir zur Verfügung stellen.«

Das klang verlockend. Aber sie kannte ihn kaum. Sie musste nachdenken. Sie hatte gerade eine Beziehung beendet, sollte sie da schon eine neue beginnen? »Lass mir Zeit!«, sagte sie.

»Kein Problem«, antwortete er.

»Erzähl mir doch über die Festung!« Lukas war wissbegierig. Schon am ersten Abend, als sie ihn kennen lernte, hatte sie begonnen, Geschichten über die Stadt zu erzählen, während er aufmerksam zuhörte. Lisa verengte ihre Augen zu kleinen Schlitzen. Schaute. Als könnte sie durch die Jahrhunderte zurücksehen. Sie fragte: »Woran erinnert sie dich?«

»Keine Ahnung.«

»Lass deine Phantasie spielen! Los, streng dich an!«

»Hm, na ja, Sie erhebt sich in der Mitte der Stadt ...«

»Weiter!«

»Aus Stein. Wahrzeichen der Stadt.«

»Okay. Weiter!«

»Eine Burg. Mittelalter.«

»Langweilig.«

»Langweilig??? Na, dann sag du mal, woran sie dich erinnert!«

»Die Festung thront wie eine wilde Kriegerin in der Mitte der Stadt. Oder nein, anders: Sie ist das Herz der Stadt, steilaufragend.«

»Eine wilde Kriegerin? Ein versteinertes Krokodilgebiss«, sagte Lukas.

»Was?«

»Schau doch nur.«

»Du spinnst.«

»Nein. Schau doch nur!«

»Hm, na ja, vielleicht mit sehr viel Phantasie. Na ja. Okay! Das passt eigentlich gut.« Die Tasse in beiden Händen haltend, nahm sie einen Schluck Kaffee. »Die Festung war immer auch ein Gefängnis. Sogar der Erzbischof Wolf Dietrich wurde hier gefangen gehalten. Der Erzbischof, der viel lieber ein Soldat geworden wäre. Bei ihm war alles anders als bei den anderen Kirchenfürsten. Unberechenbar, jähzornig, maßlos. Sechzehn Kinder, die er zeugte. Er, der mit seinem italienischen Baumeister Salzburg in eine Festungsstadt verwandelt hatte, starb als Verlierer. Auf der Flucht vor Maximilian von Bayern gefangen genommen. Eingekerkert in der Fürstenstube der Festung Hohensalzburg.

Als sein Nachfolger, der Erzbischof Markus Sittikus, sein eigener Cousin, die Möglichkeit hatte, ihn zu befreien, wollte er das nicht. Ganz im Gegenteil. Er hatte schon als Kind das Gefühl gehabt, immer übervorteilt zu werden. Wolf Dietrich, den die Sehnsucht nach seiner Geliebten und seinen Kindern quälte, wurde der Blick auf die Stadt versagt. Die Fenster wurden abgedunkelt. Man nahm ihm jedes Schreibmaterial weg. Er kritzelte auf die Wand. Botschaften seiner Not. Kann man heute noch lesen. Die schöne Festung ein Gefängnis. Ohne Gnade. Ohne Mitleid.«

Lukas holte aus seiner Hosentasche ein Päckchen Zigaretten, Gauloises ohne Filter, dieselbe Marke, die Lisa als Studentin geraucht hatte. Er steckte sich eine in den Mund und zündete ein Streichholz an: »Möchtest du auch eine?«

»Nein, danke.«

»Wirklich nicht? Nur keine falsche Bescheidenheit.«

Lisa schüttelte den Kopf. Sie fuhr fort: »Wolf Dietrich hat sich schon zu Lebzeiten sein eigenes Grab errichten lassen. Im Sebastiansfriedhof. Ein Mausoleum mit orientalisch bunten Fliesen. Wie bei einem Sultan.«

»Die Gabrielskapelle kenne ich«, sagte Lukas. »Ich finde aber nicht, dass sie aussehen wie bei einem Sultan, eher wie aus einem Badezimmer aus den Vierzigern.«

»So scheußlich sind sie nicht«, antwortete Lisa. »Ungewöhnlich.« Sie mochte diesen Friedhof. Fossiles Mauergestein, altes Gebein. Dürre dunkle Bäume hinter Schmiedeeisengitter. Seltsame Gebilde, Kreuze und kleine regenverwaschene Steine, wo Namen die Vergangenheit heraufbeschwören. Paracelsus und Leopold Mozart und Constanze Mozart. Zu ihrer Zeit waren Hinrichtungen noch Teil des Alltagslebens. In ihren Briefen erzählte Nannerl Mozart von Frauen, die öffentlich ausgepeitscht, an den Pranger gestellt und in das Zuchthaus geführt worden seien. Andere wurden des Landes verwiesen und mit dem Buchstaben S gebrandmarkt, damit man außerhalb Salzburgs wusste, woher die Verurteilten kamen.

Wolf Dietrich hatte auf bronzenen Tafeln genaue Anweisungen für sein Begräbnis niederschreiben lassen. Sie sind heute vor der Kapelle aufgestellt: Man möge ihn in seiner Alltagskleidung in der Nacht, geleitet von einem Fackelzug der Bettelmönche zu Grabe tragen. Lisa zeigte mit der Hand hinunter zum Friedhof.

Sie sagte: »Ich glaube nicht, dass jemand wie er ein bescheidenes Begräbnis wollte. Er, der die Stadt niederbrennen ließ, damit er sie nach seinen Vorstellungen gestalten konnte. Ich habe mir immer vorgestellt, dass er wusste, dass sein Cousin ihn noch nach seinem Tod quälen würde. Er kannte ihn. Also griff er zu einer List. Er ließ seinen Cousin die Tafeln lesen, und da dieser ihn bis über den Tod hinaus noch quälen wollte, veranstaltete er ein Begräbnis voller Pracht und Prunk. Sein Körper wurde zur Schau gestellt. Man zog dem Leichnam Staatskleidung über, legte ihn auf ein mit schwarzem Samt bezogenes Trauergerüst und stellte ihn drei Tage aus.«

»Das soll sein Wunsch gewesen sein?«

»Na ja, nein. Aber er wollte prunkvoll bestattet werden. Sein ganzes Leben lang war die

Pracht so wichtig und da sollte er begleitet von Bettlermönchen bestattet werden? Das glaubst du ja wohl nicht.«

Sitzend wurde er begraben, so die Legende, mit prachtvollen Gewändern. In den Händen Bauplänen und Stiftungsurkunden. Die Handschuhe mit Gold bestickt, ebenso mit kostbaren Schuhen und einem silbernen Brustkreuz. Aber in Wirklichkeit sitzt er nicht, sondern er liegt in seinem Sarkophag. Unzählige Male wurde die Gruft geöffnet. Die goldenen Handschuhe und das silberne Brustkreuz nahm man ihm wieder weg und stellte sie im Museum aus.

Die Morgensonne formte Lichträder. Lange Speere und Klingen aus Licht in der kühlen Luft. Die Dächer glänzten noch nass vom Regen in der Sonne. Ihre Strahlen fingen endlich an, Lisas Haut zu erwärmen. Es folgte ein langes Schweigen. Schatten legten sich über die Stadt, schmiegten sich an die Gebäude an und wanderten weiter. Lisa sah wie in einer Vision das Gesicht des Erzbischofs in den Wolken. Sein nach oben gezwirbelter Schnurrbart und Kinnbart. In den Händen eine Pergamentrolle und ein schwarzes Stofftuch. Die Haare dunkel und leicht gelockt. Die Augen schwarz. Ein Fremder im Leben.

Dann sagte Lukas: »Erzähl mir vom Salzburger Stier!« Lisa schaute in die Richtung der Festung. Sie verengte ihre Augen zu kleinen Schlitzen. Schaute, als könnte sie durch die Jahrhunderte hindurch zurücksehen, in die Zeit, als sie den Stier bemalten. Den letzten, der ihnen noch geblieben war. Einen Tag lang war er weiß, dann pechschwarz, dann braun. So führten sie ihn auf der Burgmauer entlang, um endlosen Reichtum vorzuspielen. Um die Belagerer zu entmutigen. Wohlgenährt und weithin sichtbar ließen sie ihn Tag für Tag über die Mauern stolzieren.

Lisa neigte den Kopf zur Seite und sagte: »Die Geschichte vom Salzburger Stier wird meistens falsch erzählt. In Wahrheit waren die Feinde keine Fremden, sondern die eigenen Bauern, die eigene Bevölkerung, die sich gegen die schamlose Ausbeutung des raffgierigen Erzbischofes zur Wehr setzte. Die rebellierten. Nicht fremde Soldaten.« Lisa sah Lukas an: »Der Salzburger Stier symbolisiert die Unterdrückung«, fuhr sie fort, »die Ausbeutung der Armen. Halbverhungert waren die Bauern aus dem Gebirge gekommen, mit selbst gebauten Waffen und hölzernen Kanonen. Sie wollten den habgierigen Erzbischof stürzen. Die Salzburger Bürger öffneten ihnen die Stadttore.

Sie waren auf ihrer Seite. Doch die Rebellion misslang. Bürger und Bauern beugten sich der Übermacht des Landesfürsten. Die Anführer der Bauern wurden sofort, ohne Gerichtsverhandlung, hingerichtet. Der Erzbischof kostete seinen Triumph in einem spektakulären Auftritt aus. Mit einem roten Mantel um die Schultern, prachtvoll gekleidet, nahm er die Unterwerfung der Bauern und der Stadt entgegen. Er ließ einen Geschützturm errichten, von dessen Plattform aus die Kanonen im Halbkreis auf die Altstadt von Salzburg gerichtet werden konnten. Dieses Bauwerk sollte widerspenstige Bürger zur Vernunft bringen. Der Salzburger Stier wurde umgedeutet. Ein Zeichen der List, der Schläue. Nicht der Unterdrückung. Das geht sogar so weit, dass es einen Kabarettpreis gibt, der sich ›Salzburger Stier‹ nennt, und Bürger, die sich selbst als ›Salzburger Stierwascher‹ bezeichnen. So als wären sie immer die Gehilfen der Obrigkeit gewesen. Ihr Bedürfnis nach Reinheit, nach Sauberkeit war so groß wie die Lust am Täuschen, Tarnen und Betrügen.«

Lukas hatte ihr mit geschlossenen Augen zugehört. Weißer Rauch stieg von der Zigarette auf, die er zwischen den Fingern hielt. Er zog steil in die Höhe, wie ein Rauchsignal.

Kapitel 10

Das Rathaus war renoviert. Die Fassade frisch gestrichen. Das Stiegenhaus modern und freundlich. Rokokofenster. Fenster wie Augen. Ein Lichtschacht, der von Stiegen kunstvoll durchkreuzt wird. Im Erdgeschoß teure Geschäfte. Hugo Boss. »Der Gründer dieser Firma war Hitlers Leibschneider«, flüsterte Lisa Lukas ins Ohr. »Er ließ auch die legendären schwarzen SS-Uniformen schneidern.«

»Ehrlich, das habe ich nicht gewusst«, antwortete er. »Das Geschäft funktioniert immer noch.« Wenn Lisa mit ihm tagsüber durch die Stadt spazierte, verwandelte er sich in einen Touristen. Er beherrschte die Kunst der Verwandlung. Konnte sich unsichtbar machen. Niemand, der in ihm einen berühmten Schauspieler sah. Unbehelligt zogen sie durch die Straßen und Plätze.

Lisa sagte: »Salzburg ist die Stadt der Widersprüche. Hier war ein Tanzsaal mit venezianischen Stofftapeten, Spiegeln und prächtigen Ölgemälden. Zur gleichen Zeit fristeten zwei Stockwerke höher Gefangene ihr erbärmliches

Leben in Zellen, die man Hexenkammerl oder Keuchen nannte, weil die Häftlinge in ihnen nach Luft schnappen mussten. Ratten und Ungeziefer tummelten sich hier. Die Kälte war so extrem, dass die Insassen schwer erkrankten. Frostbeulen bekamen. Hier wurde nicht nur verhört, sondern auch gefoltert. Foltergeräte. Ketten, Fuß- und Halseisen, Steine und Gewichte für die peinliche Befragung. Glanz und Elend waren so nah beisammen. Im selben Haus.« Stockwerk um Stockwerk hatten sie durchwandert, als wären es Jahrhunderte.

Dann standen sie auf dem Dach des Rathauses. Mitten in der Altstadt. Wind kam auf. Er legte den Arm um Lisa. Sie nahm ein Geräusch wahr. Wie ein Lied, wie etwas lang Ersehntes, etwas, nach dem sie gesucht hatte, ohne es zu wissen. Sie begann, von Maria Pauer erzählen. Maria Pauer, die 1750 als die letzte Hexe in Österreich verurteilt und hingerichtet worden ist. Fast ein Jahrhundert nach der großen Hexenverfolgung, die der Zauberer Jackl ausgelöst hatte. 440 Tage und Nächte lag sie in der Keuche. Angekettet wie ein Tier. Sechzehn Jahre war sie alt und hatte als Dienstmagd in Mühlbach am Inn bei einem Schmied gearbeitet. Ein junges Mädchen. Lebenslustig. Übermütig. Zu Streichen aufgelegt. Die Leute nannten sie Hexe. Zuerst fand sie Gefallen an dem Aufsehen, das sie erregte. Die Beachtung. Die Angst, die sie auslöste. Aber langsam wurde es unheimlich. Aber nun gab es kein Zurück mehr. Alles, was sie unternahm, brachte sie noch mehr in Verruf. Sie wurde festgenommen. Eingesperrt. Schergen brachten sie nach Salzburg. In der Stadt war sie noch nie gewesen. Sie wurde nackt ausgezogen, ihr Körper peinlich genau auf Teufelszeichen untersucht. Ein Muttermal an der falschen Stelle. Sie wurde mit einem eisernen Halsring an die Wand geschmiedet. Sie wurde nicht gefoltert, sondern befragt. 557 Fragen. So war es vorgeschrieben. Laut Hexenhammer. Zum Schluss glaubte sie selbst, sie sei eine Hexe.

Auf einem Leiterwagen wurde sie durch die Stadt nach Nonntal gefahren. Zwei Priester bereiteten die armen Sünderinnen auf den Tod vor. Es wurde von ihr erwartet, dass sie sich gottergeben in ihr Schicksal füge. So käme sie direkt in den Himmel. Als Beweis für die Wirksamkeit der göttlichen Kraft und Gnade. Ihre gefesselten Hände mussten ein schwarzes Kreuz, das mit einem Kranz umwunden war, halten. Alle Kirchen, an denen sie vorbeikam, läuteten. Die Prozession, die ihr folgte, blieb bei jeder Kirche stehen. Betete. Als Fürbitte für ihr Seelenheil. Als Ankündigung ihres Sterbens. Beim Kommunalfriedhof wurde das Todesurteil vollstreckt. Sie wurde geköpft und ihr Körper danach verbrannt.

»Wie gut ist es, in unserer Zeit zu leben«, sagte Lukas.

»Ja, in unserer Zeit, in unserem Land.«

»Kaum zu glauben, was sich hinter dieser schönen Fassade versteckt.«

»2009 entschuldigte sich der Erzbischof Alois Kothgasser öffentlich für den Justizmord. Bat Gott und die Menschen um Vergebung für diese Gräueltat.«

»Na ja, wenigstens etwas.« Lukas schrak plötzlich auf und schaute auf die Uhr. Er musste in das Festspielhaus.

Im Hotel setzte sich Lisa an den Tisch und starrte eine Weile hinaus in die Dunkelheit. Die Nacht war hell. Sie schlug ein Buch auf, dann ein anderes, blätterte darin, las ihre Notizen, strich einen ganzen Abschnitt durch, der ihr nicht gefiel. Dann holte sie einen Kugelschreiber, einen japanischen. Das waren die besten, die sie gefunden hatte. Er strahlte eine Kühle aus, die ihren Fingern angenehm war. Sie streichelte den Kugelschreiber und begann zu schreiben: *»Die Toten sind nicht vergessen. Maria Pauer. Eine Tochter der Stadt. Ein wehrloses*

Mädchen. Während es in der Keuche eingeker-
kert war, hatte man in Landshut ihre Mutter
verbrannt.« Vor Lisas Augen entfaltete sich die
Geschichte wie in einem Theaterstück. Sie sah
eine aschfarbene Gestalt, die durch die Nacht
schwebte. Ein einsames Weinen. Ein Zucken in
ihren Ohren. So, als könnte sie die Sprache
der Getöteten verstehen. Eine Stimme, die sie
rief, sehr leise, wie gedämpft. Sie war sich
nicht sicher, ob sie sie wirklich gehört hatte.
Dann sah sie ein kleines Mädchen völlig ver-
dreckt. Halb wahnsinnig vor Furcht. Das Lied
der Toten, die die Lebenden nicht loslassen.
Sie sangen ihr Lied in ihre Seelen. Lisa spürte,
wie sich ihre Kehle zusammenzog. Die Schatten
der alten Geschichten, sie fühlte sie um sich,
wie ein Hauch aus der Unterwelt. Die Stadt
hat ihre eigene Zeit.

Maria war Salzburgs letzte Hexe. Ein junges,
völlig verstörtes Mädchen. In Salzburg waren Hinrichtungen sehr beliebt. Volksfeste. Die
Strafe an Leib und Leben, an Hals und Hand
und Haut und Haar. Jeder, der tötet, nimmt,
ohne es zu wissen, die Seele seines Opfers in
seinem Leben auf. Auch die Stadt ist untrenn-
bar auf immer und ewig verbunden mit denen,
die sie nach ihren eigenen Gesetzen töten ließ.

Kapitel 11

Lisa spitzte die Ohren und meinte, das Geräusch eines Atems zu hören. Es war Lukas, der neben ihr saß. »Wie sah der Zauberer Jackl aus?«, fragte er.

»Es gibt so viele verschiedene Aussagen. Sie haben seine Gefährten gefoltert und die beschreiben ihn, wie es ihre Phantasie ihnen gerade eingab. Der Zauberer Jackl habe ein schwarzes Käppl, Pulver und Salben, mit denen könne er sich unsichtbar machen, damit ungesehen Nahrung stehlen und Verfolgern entkommen. Als Rache oder aus List konnte er so auch Leute drangsalieren. Seinen Anhang *märkte* Jackl mit einem Schnitt in den Finger, hinters Ohr oder ins Bein und ließ die Einzelnen mit dem austretenden Blut ihren Namen in ein Buch schreiben. Er verlangte unbedingten Gehorsam und lehrte sie, so die Aussagen seiner Kumpane, das Zaubern. Seine Erscheinung war beeindruckend: Lang, aber schlank, glattes Haar, aufgedrehtes Bärtchen, sonnengebräuntes, schmales Gesicht, die Nase etwas krumm, graue Augen. Einen grünen Hut, eine schwarze Halsbinde, einen grauen Rock aus Tuch, schwarze Hosen, rosa gestrickte Strümpfe und Schuhe mit Absatz. Einen schwarzen Hund, eine Pulverflasche, einen Stock, worauf ein Sack befestigt war.«

»Rosa gestrickte Strümpfe?«

»Ja.«

Lukas brach in Lachen aus.

»Meine Cousine behauptet, wir stammen von den wenigen Überlebenden ab«, sagte Lisa.

»Glaubst du das wirklich?«, sagte er.

»Na, ja. Möglich wäre es schon. Unsere Mütter hatten den gleichen Nachnamen wie er. Der Zauberer Jackl. Sie stammten aus dem gleichen Dorf wie er. Als meine Cousine klein war, verschwand ihr Vater spurlos wie der Zauberer. Jakob selbst wurde nie gefangen, blieb spurlos verschwunden. Seine Mutter hatte nicht nur gebettelt, sondern sie bedrohte die Leute. Sie sagte, sie würde ihnen Haus und Hof anzünden. Sie drohte, Ungewitter aufziehen zu lassen. Sie drohte, wer ihr nichts zum Essen gäbe, den verzaubere ihr Sohn. Der Jakob. Zauberkräfte für geächtetes Leben. Eine spiegelverkehrte Allegorie. Zaubermacht der geknechteten Kreatur. Angstverzehrte Seelen. Die Leute hassten und fürchteten sie. Mutter und Sohn stahlen und bettelten. Sie zogen durch Kärnten und durch Bayern. Dann wieder zurück nach Golling. Sie wollte die Arbeit ihres Vaters wieder ausüben. Er war Abdecker. Er zog den Tieren das Fell – die Decke – ab, vergrub die Überreste. Schinder wurden geächtet. Durch ihre Arbeit mit den toten Tieren lernten sie aber auch viel über Krankheit und Tod. Alles wurde verwertet. Amulette. Die Mutter des Zauberers schickte sogar einen Brief an den Salzburger Hofrat. Sie wolle die Stelle des Abdeckers. Sie war eine Kämpferin. Sie hatte jemanden gefunden, der für sie den Brief schrieb. Sie selbst war Analphabetin.«

Einmal hatte sich Lisa im Traum eine Frau, die sie für ihre Mutter hielt, in den Weg gestellt. Eine dunkle Gestalt in den Straßen der Stadt. Sie wollte vorbei, aber die Frau hielt sie fest. *Ich habe dich gesucht*, sagte sie. Die Nacht war kalt, Lisa hatte es eilig. Sie wollte sich befreien von ihr und ihrem knöchernen Griff. Fahles Lampenlicht durchtrennte das Dunkel wie ein Messer. Ihre Schritte verstärkten sich in der Leere der Straßen zum Echo einer gejagten Menschenmenge.

Barbara Koller. Sehr schwach, sehr klein. Aus ihrer weißen, schrumpeligen Haut sickerte Blut. Tränenlos. Eine Hexe. Die Arme ausgekegelt. Brandwunden unter den Achseln. Es war die Mutter des Zauberers. Nicht Lisas Mutter. Die Mutter des Zauberers war ein böses Weib, das sagten die Leute. Die Schinder-Bärbel. Sie sei voller Hass und Grimm. Den Kilian hat sie geliebt, mehrere Jahre lang lebte sie mit ihm zusammen. Jakob war ihr einziger Sohn, der um 1655 in Werfen geboren wurde. Unehelich. Das war bei Strafe verboten. Die Salzburger Gegenreformation hatte neue, strenge Sittenregel gebracht. Außerehelicher Geschlechtsverkehr war verboten. Frauen, die sich nicht daranhielten, wurden regelmäßig gezüchtigt oder an den Pranger gestellt. Die Zeiten waren hart. Viele Unwetter suchten die Bevölkerung heim. Die Zeiten waren schlecht. Pest. Die kleine Eiszeit. Ein Jahr ohne Sommer. Die Blätter hingen schwarz von den Bäumen. Die Leute hungerten und hatten Angst, selbst zu verarmen. Deshalb hassten sie die Bettler so sehr. Sie sahen in ihnen das drohende Unheil und verlangten, dass sie gefangen, gefoltert und getötet werden. Sie hatten Angst, dass sich in ihnen ihr zukünftiges Schicksal spiegelte.

Fünfzig Jahre war sie alt, als sie vor dem Richter stand. Angeklagt war sie zunächst nur wegen Diebstahl. Ein paar Gulden aus dem Opferstock. Der Geruch des Feuers. Die Worte flitzten über ihre Zunge. Wie Mäuse. Sie sagte den Folterknechten alles. Alles. Alles. Sie wollte, dass sie aufhörten. Dass die fürchterlichen Schmerzen aufhörten. Sie sagte alles. Sie war hart im Nehmen. Aber sie brachten sie zum Reden. Alles sagte sie. Alles über ihren Sohn. Den Jakob. Gemeinsam seien sie durch das Land gezogen. Ihr Sohn besitze einen Schlüssel zum Öffnen der Opferstöcke. Außerdem sei er mit einer Gruppe von Buben, etwa zehn oder zwölf, unterwegs. Bettlerbanden zogen durch die Gegend. Jugendbanden, die den Leuten Angst einjagten. Die Opferstöcke waren mit Fischbein, Pech und Vogelleim ausgeraubt worden. Der Schaden war gering. Eine Summe von dreißig Gulden. Sie selbst habe einen Anteil von sechs Gulden erhalten.

Max Gandolf, der Erzbischof, der die Todesurteile unterzeichnete, besaß ein Vermögen von 27.000 Gulden. Er lebte aufwendig und prachtvoll. Gekleidet war er nach der neuesten französischen Mode gekleidet. Er litt an Prunksucht. In seinem Besitz befanden sich fast 9.000 Gulden Bargeld, wertvolle Brustkreuze, Ringe, kostbare Armbänder und Uhren.

Die Mutter des Zauberers nannte man beherzt und verstockt. Sie war eine, die um ihr Leben kämpfte. Die Opferstöcke auszurauben, das sei die Idee ihres Sohnes gewesen. Das sagte sie ihnen. Alles. Den Folterknechten, den

Hofräten, den Protokollanten. Sie alle hatten den Teufel in ihren Herzen. Sie sah ihn in ihren Seelen. Eine Flamme mit zahlreichen Augen und lodernden Feuerzungen. Sprechende Steine und wandelnde Blumen oder Wesen mit Vogelköpfen und Krallen. Sie wusste, dass sie ihren Jakob nicht finden konnten. Sie hing von der Decke, die Arme gefesselt und schrie, *O Gott, o Gott!*

Die Folterknechte in ihrer Nähe wie Raubvögel. Folterwerkzeuge in der Hand. *Gibt es kein Erbarmen? – Gesteh und wir hören auf. Jetzt gnade dir Gott, Hexe, Teufelsweib.* Eine Stichflamme. Sie sprach mit sich selbst. Sie brabbelte auf tückisch boshafte Art vor sich her. Daumenschrauben, Bindung zum Seil, das gesamte Körpergewicht hing an den Schultergelenken. Unvorstellbare Gewalt, die einer alten, kleinen Frau zugefügt wird. Sie klagte nicht. Ertrug größte Schmerzen ohne Wehklagen. Tränenlos. Wusste sie nicht, dass das ihr Todesurteil bedeutete? Denn das können nur Hexen, denen der Teufel hilft. Sie war das erste Opfer. Einen Gesamtschaden von 7.000 Gulden soll sie sich zu Schulden kommen lassen haben. Schadenszauber. Wetterzauber. Als Strafe wurde der Tod auf dem Scheiterhaufen verhängt. Das war für die damalige Zeit üblich.

Erzbischof Max Gandolf verfügte, sie sei vor

dem Verbrennen zu erwürgen. Ein Gnadenakt. Aber vorher soll sie mit glühenden Feuerzangen dreimal gezwickt werden. Auf ihrer Fahrt in den Tod. Vor allen. Das erste Mal in den Arm. Dann in die rechte, später in die linke Brust. Lisa stöhnte auf und verschränkte ihre Arme vor ihrer eigenen Brust. Die Vorstellung trieb ihr Tränen in die Augen.

$\cdots$

Dunkle warme Töne klangen durch die Straßen. Ein Schatten. Eine Traumbewegung. Vor Lisa lag die Liste, in der die Opfer der damaligen Verfolgung verzeichnet war. Eine Liste, die nicht nur die Todesopfer anführte, sondern alle, die in der großen Verfolgungswelle verhaftet worden sind. Ganze Familien waren einfach ausgelöscht worden. Einige Namen sind auch heute noch gebräuchlich. Noch heute leben viele Menschen, deren Namensvetter vor mehr als 300 Jahren geköpft oder erdrosselt und dann verbrannt wurden, weil sie Bettler waren und aus Angst unglaubliche Geständnisse abgelegt hatten. Lisa las über Catherina Pichler. Dieser Name kam ihr bekannt vor. Eine Mitschülerin im Gymnasium hatte genauso geheißen. Die Catherina Pichler aus der damaligen Zeit war 14 oder 15 Jahre alt gewesen. Bei ihrer Hinrichtung. Eine Bettlerin. War mit ihrem Vater und drei Onkeln durch das Land gezogen. Ihre Mutter starb an der Pest. Das Mädchen verkaufte rote Schüsseln und erzählt, dass sie fliegen könne. Bei dem Wirtshaus in Wartenfels wurde sie festgenommen. Ein böser Verdacht war aufgetaucht. Man brachte sie nach Salzburg. Fuhren sie durch das Galgentor? Catherina Pichlers Name wird einmal in der langen Liste stehen. Todesurteil. Hingerichtet durch das Fallbeil. Danach verbrannt.

Die Toten, die zu Lisa kamen, hatten noch offene Rechnungen mit den Lebendigen zu begleichen. Mit ihren unsichtbaren Grabstellen in den Lüften. Seefahrer durch die Zeiten, Reisende durch die Ewigkeiten. Traurige und verzweifelte Pilger durch die Jahrhunderte. Wiedergänger.

Die Liste der Namen war lang; Barbara Koller, Maria Pauer, Catherina Pichler. Gefesselt und mit einem schwarzen Kranz in den Händen. Völlig gelähmt, wahnsinnig vor Schmerz sahen sie ihrer eigenen Ohnmacht zu. Ihrem eigenen Sterben. Jede Geschichte kann sich in einer anderen fortsetzen, dachte Lisa. Gegenwart, Vergangenheit und Zukunft sind durch so viele dünne Fäden miteinander verbunden. Sie zog dünne schwarze Fäden über Papier. Lukas' Gesichtszüge auf weißes Papier. Seine Augenbrauen, seine Wangen, sein Kinn, seine

Lippen, seine Nase. Dieser Lukas blickte sie schweigsam an. Wie in einem verwackelten Schwarz-Weiß-Film. Ein Leuchten.

Kapitel 12

Lisa blickte hinüber zur Festung. Sie sah eine lange, weiße Gestalt, die sich quer über eine Balustrade lehnte und sich Lisa entgegen reckte. Lange, weiße Wolkenarme am Nachthimmel, die ihr zuwinkten.

Eine weiße Nebelgestalt, die sich immer mehr aus dem Nachthimmel im silbrigen Licht des Vollmondes herausschälte und Gestalt annahm. Ein Arm, noch einer. Bewegungen, zuerst zaghaft, dann immer schneller. Ein Tanz. Unbändig zu einer unhörbaren Musik. Lisa sah und staunte. Hielt sich ruhig, wagte kaum, zu atmen.

Plötzlich erstarrte die weiße Gestalt mitten in ihrer Tanzbewegung. Beugte sich vor zu Lisa, die mit offenem Mund dasaß. Lukas drehte sich abrupt zu Lisa um: »Was siehst du?«

Überrascht sagte Lisa, ohne nachzudenken: »Eine weiße Frau, sie tanzt am Himmel über der Festung.«

»Wo?«

»Da.«

»Da? Da ist nichts!«

»Aber schau doch nur! Die Wolken über der Festung. Da ein Arm über der Zinne, dort der andere. Der Kopf. Du siehst sogar ein Gesicht. Augen. Schau doch nur, sie sieht uns an!« Verlegen winkte Lisa mit einer Hand der Geistergestalt zu, die sich vorbeugte, um jedes der Worte Lisa zu hören. Lisa sah Lukas an. Konnte er die Gestalt nicht sehen? War das möglich? Lisa sah sie so deutlich. Keine wirkliche Frau, eine Geistererscheinung, die auf sie zukam und ihr noch etwas sagen wollte, ein Geheimnis. In einer fremden Sprache, die keine Worte benutzte, sondern Visionen. Ein kommendes Unglück, das in der Luft lag. Da leuchteten die Augen der Frau auf. Gelb. In ihrem Haar Tautropfen, wie Diamanten, nein, wie Sterne der schwarzgeflügelten Nacht. Lisa verschränkte ihre Arme fest über den Busen und senkte dann langsam die Augen.

In der Nacht träumte Lisa von der weißen Frau auf der Festung. Lisa sah sie so deutlich. Im Traum glaubte Lisa, verstehen zu können. Eine unermessliche Traurigkeit. Ein unermesslicher Verlust. Lisa in sprachlosem Staunen. Ein unerklärliches Gefühl von Liebe. Liebe, die sich über das kommende Unglück erhob. Die Frau blickte ihr ins Herz. Als sie wieder aufblickte, sah sie, dass die Frau sich von Lisa abgewandt hatte und schon davon ging, zuerst ernst und feierlich, dann tänzelnd. Ein lebenshungriges Gespenst aus dem Reich der Schatten auf einer unendlichen Zeitreise. Voller Freude, einen kurzen Moment für Menschenaugen lang sichtbar gewesen zu sein.

⸎

Mitten in der Nacht war sie mit Lukas in das Hotel *Wolf Dietrich* zurückgekehrt. »Dreihundert Jahre sind nicht lang«, sagte Lisa. »Wenn du das in Generationen rechnest, dann sind es fünfzehn Generationen. Stell dir fünfzehn Personen vor, die vor dir stehen. Deine Mutter, deine Großmutter und du. Das sind schon drei. Multipliziere sie mit fünf. Dann bist du im siebzehnten Jahrhundert.«

Lisa zeigte Lukas die Liste mit den Namen der Todesopfer.

»Das ist ja entsetzlich«, sagte Lukas, während er las. »Wie jung waren die Opfer! Das ist nicht zu fassen. Da!« Er zeigte mit dem Finger auf einen Namen: Gassner Andree. Zehn Jahre alt. Hingerichtet durch das Fallbeil, danach verbrannt. Ganze Familien wurden hier einfach ausgelöscht. Genauso wie Glanegger Christoph. Als uneheliches Kind einer Bauernmagd vom Hof gejagt.

Er schüttelte den Kopf: »Ganze Familien sind auf diese Weise ausgelöscht worden. Ausschließlich Bettler.«

Lisa sagte: »Kinder, die ihre Eltern verrieten, mussten zusehen, wie ihre Eltern verbrannten. Das Grauen, das sich hinter dieser Liste verbirgt, kann ich kaum aushalten.«

»Ich verstehe dich.« Er nahm Lisa in die Arme und streichelte ihr Haar: »Das ist Vergangenheit. Gott sei Dank! Aber die Gegenwart ist anders. Niemand wird merken, dass du eine Hexe bist. Nur ich. Und ich werde dich nicht verraten.«

Er lachte und nahm ihre Hand.

Kapitel 13

Lisas Armbanduhr zeigte halb neun. Sie war in der Dreifaltigkeitsbuchhandlung gewesen. Hatte sich Salzburgbücher gekauft. Eines handelt von der Todesstrafe, Schwert und Galgen, die bis 1805 in Salzburg vollzogen wurde. Sie hatte sich noch keine zehn Minuten in die detailreiche Darstellung vertieft, als sie schon am Einschlafen war. Sie legte das Buch auf den Fußboden, um ihre Augen ein paar Minuten lang auszuruhen, aber sie versank noch bei brennendem Licht in tiefen Schlaf. Wirkliches und Unwirkliches vermischten sich miteinander. Sie blickte hoch von den Tasten ihrer Schreibmaschine und bemerkte in einer Zimmerecke eine Schattengestalt.

»Guten Abend!«, sagte der Fremde. Statt zu antworten, räusperte sich Lisa und dieses Geräusch erzeugte einen seltsamen Nachhall. Er sah genauso aus wie auf dem Porträt aus dem Jahr 1786, das sie Tage zuvor im Salzburger Archiv betrachtet hatte: Franz Joseph Wohlmuth im 48. Lebensjahr. Ein schwarzer Holzrahmen mit vergoldetem Innenrand.

Rundes Gesicht und rote Wangen. Ein bäuerlicher Typ. Die Augen grünbraun. Das Haar brünett, glatt von der Stirn straff zurückgekämmt. Hinter dem Ohr eine Locke. Ein energisch vorragendes Kinn. Ein sinnlicher Mund. Eine dicke Unterlippe. Gekleidet in einen braunen Rock mit Stehumlegekragen. Die rote Weste mit silbernen, gravierten Knöpfen. Eine schwarze Halsbinde, wie ein Offizier. Links von ihm ein herzförmiges Wappen mit einem Löwen, der in beiden erhobenen Pranken ein Richtschwert hält und einem Mann, der in barocker Bürgertracht mit einer Hand ein goldenes Richtschwert hält. Scharfrichter von Salzburg. Sein Tagebuch, das im Museum ausgestellt ist, hat ihn berühmt werden lassen.

Es hatte an dem Tag geregnet, als sie das erste Mal das Tagebuch des Scharfrichters von Salzburg zu lesen begann. Ein Faksimile, das 1985 veröffentlicht wurde. Das originale Tagebuch ist in einem Pappendeckel mit braunem Lederrücken und Lederecken eingebunden. Der vordere Deckel ist mit Papier überzogen, auf die Franz Wohlmut Aquarellzeichnungen geklebt hatte. »Fiat Justitia«, darunter in kleinerer Schrift »et pereat mundus«. Ein Schinderkarren, mit dem ein Todeskandidat zur Richtstätte gefahren wurde. Die Rückseite des Titelblattes zeigt den auf einen Pfahl aufgesteckten Kopf eines Hingerichteten, dem aus einem Schwarm heraus ein Rabe zufliegt. Ein darunter geklebter Zettel enthält die Worte *»Memento mori«*. Durch breite helle Schweinslederbänder, die oben und unten befestigt waren, konnte das Buch zugebunden werden. Jede Exekution bekam eine Nummer: 1 bis 226.

Franz Josef Wohlmut. Knapp und scheinbar völlig gefühllos verzeichnete er das Datum jeder Exekution. Den Namen der Verurteilten. Ihre Strafen, die er vollziehen musste. Ein treuer Diener der Justiz. *Die Vergehen waren oft so harmlos. Ehebruch. Diebstahl. Die Strafen monströs. Auspeitschungen. Ein Schilling bedeutet sechzig Hiebe.* Seine Meisterprüfung war eine Enthauptung, die er sauber vollzog. Damit hatte er seine Aufzeichnungen begonnen.

Ein Gutachten seiner Handschrift stellte eine Gefühls- und Gemütskälte extremen Ausmaßes fest, wie man es sonst nur bei Mördern findet. Unter anderen Umständen wäre er sadistischer Massenmörder geworden. Auffallend sind Züge, die man einem peniblen Beamten zuschreiben würde. Das zutiefst Unmenschliche seines Berufes ist ihm nicht zum Bewusstsein gekommen. Lisa mochte ihn nicht. Sie bat ihn höflich, sich wieder aus ihrem Leben zurückzuziehen. Doch er ging nicht. Seine

Hand war zittrig geworden. »Ein Henker muss kräftig sein«, sagte er. »Die Arbeit als Henker ist schwierig, man braucht eine ruhige Hand. Wenn ein Haupt schnell und sauber abgetrennt wird, dann klatschen die Leute. Sie wollen einen schönen Tod sehen. Erst später habe ich zu zittern begonnen. Ich musste einmal sogar ins Gefängnis, weil ich schlecht köpfte.«

Lisa legte oft das Buch auf die Seite. Entsetzen. Trauer. Fassungslosigkeit. Doch immer wieder begann sie wieder zu lesen. Sie schlug eine Seite auf. »Zu meiner Zeit wurde Ehebruch mitunter mit dem Tod bestraft«, sagte der Scharfrichter aus seiner dunklen Ecke heraus.

»Mein Mann hat mich betrogen. Die ganze Zeit, als wir verheiratet waren.«, flüsterte Lisa der dunklen Gestalt zu. Er kannte Stefan nicht. »Ich habe ihn geliebt. Lug und Trug. Die Liebe bringt einen um.« Sie hob die Hand. Zeigte in das Leere: »Ich wünschte, er wäre tot.« Stefan stand vor ihr. Sprach mit Lisa. Fiel zu Boden. Seine Lippen, die sich noch bewegten. Sein Erstaunen. Seine Hand auf der Brust. Herzinfarkt. Ein natürlicher Tod, sagte Lisa dem Henker. Der brach in Lachen aus. Es fühlte sich wie ein Stromstoß an. Er ließ sich nicht betrügen. Er kannte die Wahrheit.

»Schläfst du mit einer anderen?«

»Warum fragst du?«

»Nur so. Ich habe es heute Nacht geträumt.«

»Nein. Nein«

»Komisch, mein Traum war so realistisch.«

»Du und deine Träume.«

»Ja, du hast Recht. Es war nur ein Traum.«

»Deine Eifersucht ist fürchterlich.«

»Entschuldige!«

»Immer verdächtigst du mich.«

»Ich habe mich bereits entschuldigt.«

»Ja, schon, aber ...« Komisch, er benahm sich, als wäre er ertappt worden, dachte Lisa, als sie ihn ansah. Stefan war weiß geworden.

»Also, dann ist es wahr«, flüsterte sie in die Stille hinein. Stefan antwortete nicht. »Du liebst eine andere?«

»Es tut mir leid.«

»Es tut dir leid?«

Lisa nahm einen Schluck Café. Das Verlangen nach einer Zigarette. Sie hörte Stefan sprechen. Aber sie verstand seine Worte nicht. Auf dem Tisch lagen zerknüllte Servietten. Weingläser, die noch nicht ausgetrunken waren. Kaffeeflecken und Teller mit indischem Curry. Kalt. Stefan wandte ihr sein Profil zu. Er blickte ihr nicht in die Augen. »Es tut mir leid«, sagte er.

Die Wohnung war dunkel. Die Zimmer wirkten sehr still. Die Dunkelheit tief und grün.

⋯

Ihr Vater betrat den Raum. War es ein Traum? War es Wirklichkeit? Lisa öffnete den Mund. Ihr Vater legte einen Finger auf ihr Handgelenk und zeichnete damit ein seltsames Diagramm von unklarer Form auf ihre Haut. Dann legte er Lisa einen Finger auf die Lippen, wie um sie zu versiegeln. Ihr Vater wie ein Schatten, der sich quer über eine leere Straße legte und sich Lisa entgegenreckte, aber sie selbst ganz woanders, an einem Ort jenseits der Grenzen ihres Bewusstseins. Sein Mund war so dicht an Lisas Ohr, dass die Worte sich zusammen mit ihrem warmen, feuchten Atem in Lisa einschlichen: »Hüte dich vor Jack!«

Jack? Claires Geliebter? Lisa hätte ihn fast vergessen.

Kaum war Jacks Name ausgesprochen, stand Jack im Raum. Lisa wollte ihn verjagen, konnte sich aber in keiner Weise gegen ihn wehren. Er musterte sie sekundenlang, ohne ein Wort zu sprechen.

Lisa verwandelte sich unter seinen Blicken in ein Tier, das verfolgt wurde. Sie spürte die Nähe eines Jägers, der sie immer wieder aus ihrem Versteck scheuchte und schließlich in eine Ecke drängte, aus der es kein Entkommen gab. Lisa erhaschte einen Blick auf brennende Augen, die sie aus dem Dunkel, das Jack umgab, heraus anfunkelten. Dann stand wieder Lukas vor ihr: »Pass auf!«

Lisa drehte sich um. Jack gab ein paar kurze Kommandos in einer für Lisa unverständlichen Sprache. Sie hörte ein leises Klicken. Eine Armbrust. Ein Pfeil, gut zehn Zentimeter lang, drang in ihre Brust. Gleichsam als Reaktion darauf fauchte Lisas eintätowierte Katze hasserfüllt. Eine Finsternis begann sich in Lisas Bewusstsein zu graben.

Sie heulte und schrie, noch im Aufwachen. Sie richtete sich auf und sah sich um. Sie war in ihrem Hotelzimmer in Salzburg. Von Jack und Lukas keine Spur. Wer ist dieser Jack? War ihre Cousine in Gefahr? Sollte Lisa sie warnen? Aber nein. Lisa schüttelte den Kopf. Das war Unsinn. Ihre Cousine würde Lisa nie verstehen. Sie würde glauben, Lisa wäre neidisch auf sie. Eifersüchtig. Eine Warnung würde sie noch mehr in Jacks Arme treiben. Wahrscheinlich war Lisa nur zu ängstlich und Jack ein harmloser Mann.

Okay, sagte Lisa zu sich, bleib cool, mach kein Aufhebens und keine Szenen. Reg dich nicht auf! Deine Cousine ist eine sehr kluge, erwachsene Frau. Sie kann gut auf sich aufpassen.

Kapitel 14

Vor dem Dom wurde *Jedermann* gespielt. Während Lukas den Teufel spielte, begann Lisa zu schreiben. Über Jack. Der mit ihr in die Berge fuhr. Irgendwo in Italien. Ein Holzhaus, baufällig, unscheinbar, sah aus wie eine Ruine. Vor dem Haus eine Limousine. Die Scheiben verdunkelt. Jack nahm Lisas Ellbogen und steuerte sie in das Haus hinein. Im Inneren des Hauses war alles luxuriös ausgestattet. Böden aus Marmor. Im Wohnzimmer ein Klavier. Auf der Terrasse ein Whirlpool. Ein ausgeklügeltes System aus Überwachungskameras, die jede Bewegung im Umfeld anzeigen.

Vier Männer. Schwarz hoben sich die Körper der Männer gegen das Licht ab, das von draußen hereinfiel. Maßgeschneiderte Anzüge. Verspiegelte Sonnenbrillengläser. Ein Mann grinste. Ihm fehlte ein Zahn. Lange weiße Tische. Zwei Männer am Fenster. Einer bewegte sich so, dass zu erkennen war, dass er eine Waffe trug. Ihre Blicke starr. Einen Moment glaubte Lisa fast, Freundlichkeit in den Gesichtern zu bemerken. Es könnte ja nur ein Spiel sein. Vielleicht wollten Männer, die sich so inszenieren, verbergen, dass sie harmlos sind? Das könnte ja möglich sein. Doch sie wusste es besser.

Diese Männer strahlten eine seltsame Kälte aus, als seien sie mit dem Tod in Berührung gekommen und wieder zurückgekehrt, wie Überlebende aus einem Grenzland, einem Niemandsland, das früher oder später jeder betreten musste. Ihre Blicke folgten Lisa. Einer hob warnend den Finger. Ein anderer nickt, als wäre diese Warnung notwendig.

Lisa trug High Heels. Ein neues Kleid. Aus rotem Seidenchiffon mit weißen Punkten. Einen kleinen Hut mit Marabufedern. Die Männer stellten sich in einem hufeisenförmigen Halbkreis auf. Jack griff zu und fasste Lisa am Handgelenk. Seine Hand kühl und fest. Er legte seine zweite darüber. Er fixierte sie, ließ Lisa nicht aus dem Blick. Seine Augen von einem reinen, kalten Grau. Lisa betrachtete Jacks Hände. Ihre zitterten ein wenig. Eine ungeheure Stille herrschte im Raum. Jack nickte feierlich. Fast wie ein Priester.

Kurzes Schweigen. Dann drehte er sich feierlich zu den Männern und die dämmrige Welt flammte hoch. »Heute stelle ich euch eine Frau vor«, sagte Jack. Die Blicke der Männer durchbohrten Lisa. Sie senkte den Blick. Einer griff schnell in die innere Tasche seiner Anzugjacke, wie in einem Reflex. Aber Jack achtete nicht auf ihn: »Ich lege sie an euer Herz wie mein eigenes Fleisch und Blut.«

Bewegung kam in die Männer, als habe sie etwas Heißes berührt. Scharfzackig und giftig: »Jack, lass es gut sein! Du übertreibst. Du kannst diese Frau nicht in unsere Familie aufnehmen.« Jack zog eine Augenbraue hoch, schob die Unterlippe ein wenig vor, der Mund am Rand eines Lächelns, wie über einen heimlichen, zweifelhaften Scherz. Ein anderer redete auf ihn ein: »Niemand kennt sie. Sie ist eine Frau!!! Auch du musst unsere Gesetze befolgen. Du bist mein Cousin. Aber wenn du das durchziehst, bist du ein toter Mann.«

Mit einer Handbewegung befahl er, allen zu schweigen. Voller Widerwillen gehorchten sie, als sei ihnen ein geheimnisvoller Zwang auferlegt worden. Als könnten sie nur Zuseher sein in einem düsteren Ritual. Alle spähten zu Lisa. Die Blicke leer oder grimmig vor Misstrauen und gärender Wut. Eine Atmosphäre geballten Hasses im raum, als fehle nur das Stichwort, dass die Männer sie und Jack töten.

Jack sprach im Flüsterton, als wären sie in einer Kirche: »Ich taufe diesen Ort, wie unsere drei Ritter ihn getauft haben. Mit Worten der Demut, mit Eisen und Ketten, mit dunklen Verliesen und Strafgefängnissen, mit Rosen und

Blumen.« Seltsame Worte. Drei Ritter? Lisa lachte kurz auf. Es könnte ja auch ein Witz sein. Das wäre gut, wenn es ein Witz wäre. Ein Schauspiel. Nichts weiter. Doch sie verstummte sofort. Sie fühlte sich in etwas hineingedrängt, zu dem sie weder fähig noch willens war. Dunkle Verliese? Strafgefängnisse? Wovon redete Jack? Wohin war Lisa nur geraten? In seinen Worten spiegelte sich eine andere fremde Zeit. Fremdes Denken.

Lisa sah ihn an, benützte ihre Haare als Vorhang. Sie versuchte, ihn zu verstehen, aber alle Gedanken verflüchtigten sich, kaum, dass sie entstanden waren. Während oder kurz nach all der verhaltenen Ankunftsruhe herrschte ein sonderbar konzentriertes Schweigen. Etwas war geschehen, etwas Unvorhergesehenes, vielleicht etwas Verhängnisvolles. Im Zimmer machte sich die Atmosphäre eines unentrinnbaren Alptraums breit.

»Bist du folgsam?« Er näherte sich Lisa, sie folgte mit den Augen seinen Bewegungen und rührte sich nicht. Ihre Lider flatterten. Jack war in seinem Verhalten unberechenbar und gefährlich. In seinen Augen ein seltsames Glimmern. War Jack verrückt geworden? »Bist du folgsam?« Eine seltsame Frage. »Folgsam« – ein altmodisches Wort. Nein. Natürlich nicht. Doch wie unter einem geheimnisvollen Zwang holte sie tief Luft: »Ja, ich werde dir immer folgsam sein.« Der Satz kam leicht heraus. Er folgte demselben Rhythmus wie Jacks Rede.

»Sprich mir nach: Brennen sollst du, lichterloh, wenn du mich verrätst!« Lisa saugte die Lunge voll Luft, atmete aus und sagte zugleich mit dem Ausatmen, was er hören wollte. Sie konnte sich nicht wehren, sie musste Jack gehorchen, als hätte er sich ihrer Gedanken bemächtigt, als wäre er in ihrem Kopf.

Jack schnitt mit einem scharfen Messer in Lisas Daumen. Blut begann über ihre Hand zu rinnen, tropfte auf ein Heiligenbild, das Jack hält. Eine Gebetskarte des Erzengels Michael. Die Bildersprache der katholischen Kirche. Auch Jacks' Daumen blutete. Blut rann über ihrer beider Hände auf das Bild. Ihr Blut und sein Blut flossen ineinander, besiegelten ewige Treue. Ewiges Schweigen. Ewigen Gehorsam. Die erste Säule des Ehrenkodex: »Sprich mir nach: Dieses Blut steht für Leben und Tod und die unauflösbare Verbindung unserer Seelen. Sollte ich jemals einen Verrat begehen, soll mein Fleisch brennen, so wie das Bildnis brennt.« Die Worte krochen hervor wie gereizte Giftschlangen. Züngelten hoch. Wort für Wort: »Mein Bauch ist ein Grab, meine Brust eine Schaufel.« Eine Stichflamme zischte hoch. Jack hatte das Bild in Lisas Hand angezündet. Das Feuer auf ihrer Haut. Lisa konnte den Schmerz nicht fühlen. Sie schaute die Brandwunden auf ihrer Hand an. Kein Schmerz, nichts. Sie blickte auf ihre Hände, bestaunte sie, als wären sie seltsame Flügeltiere, die durch Feuer fliegen können, ohne sich zu verbrennen. Sie schloss die Augen. Sah qualmende Totenbezirke. Hörte Stimmen darin. Eine Tür schlug zu, hinter allem, was gewesen war.

Die Zeremonie dauerte nur zehn Minuten.

Sie verließen das Haus. »Auf geht's!«, sagte Jack. Sein Wagen. Lisa stieg ein. Jack neben ihr. Dann fuhren sie los. Jack gab ihr einen Klaps auf die Hand. »Das war nicht schlecht. Das werden sie so lange nicht vergessen.« Höllenworte. Von Teufel zu Hexe. Die Narbe auf ihrer Haut. Verbranntes Gewebe. So hat der Teufel die Seinen gezeichnet. Gemärkt.

Jack Seelenführer. Satan. Sie konnte Jacks Feuer in seinem Herzen nie deuten. Sie betrachtete seine Augen, seinen Mund, seine Hände. Seine Handlungen waren wie losgelöst aus der Welt. Ein Schauer durchbebte sie. Jack brach alle Regeln, dabei reichte, der leise Verdacht, dass man eine Bedrohung darstellte, um getötet zu werden. Ein falsches Wort zur falschen Zeit. Was wollte Jack? Jacks Welt eine archaische Welt mit ungeschriebenen, kategorischen Gesetzen. Eine Welt für sich, die absoluten Gehorsam und völlige Unterwerfung verlangte. Diese Welt verschwand nicht einfach so, nur wenn sie die Augen schloss. Sie konnte sie fühlen. Die extremen Augenblicke.

Das Mondlicht zeichnete Parallelogramme auf den Fußboden. Lisa legte den Stift zur Seite. Sie kehrte zurück aus der Welt ihres Romans. Zurück in ihr Leben. In eine Realität, die sich nicht anfühlte wie Realität, aber Realität war.

Kapitel 15

Die Sehnsucht nach einem normalen Leben. Vielleicht wurde alles wieder normal, wenn sie sich völlig normal verhielt. Sie spürte Hunger. Sie könnte sich Spaghetti kochen. Ja, das war eine gute Idee. Sie ging in die Küche. Am Vortag war sie auf der Schranne einkaufen gegangen. Mirabellplatz. Tomaten. Karotten. Zwiebel. Gesundes Leben. Der Geruch nach Landleben. Sie war mitten im Kochen, als das Telefon läutete. Sie hatte das Telefon vergessen. Eigentlich wollte Lisa das Telefon klingeln lassen. Schließlich gab sie nach, drehte den Herd ab, ging ins Wohnzimmer, hob ab. »Lisa?...« Es war Claire.

Lisa beugte sich vor und spähte durch die Küchentür. Der Nudeltopf dampfte: »Claire, tut mir leid, aber ich koche grade Spaghetti. Könntest du bitte später noch einmal anrufen?«

»Du kochst?«

»Das ist nicht so ungewöhnlich.« Musste sich Lisa jetzt rechtfertigen?

»Sei doch nicht so empfindlich! Hör mir gut zu. Es ist wirklich sehr wichtig«, sagte Claire, ihre Stimme klang jetzt kühl und ausdruckslos.

»Was ist los?«

»Ich rufe aus dem Krankenhaus an. Ich hatte einen Unfall.«

»Einen Unfall?«

»Nein, es ist nicht so schlimm. Ein Autounfall. Ich muss operiert werden. Aber, ...« Ihre Stimme brach ab.

»Um Gotteswillen, Claire!«

»Pass jetzt auf, Lisa! Ich kann nicht nach Salzburg fliegen. Du musst etwas für mich machen. Das ist sehr wichtig. Höre mir jetzt genau zu und unterbrich mich nicht!«

»Ja, sicher.«

»Du musst für mich die Geldübergabe durchführen. Kennst du am Mönchsberg das Museum der Moderne?«

»Natürlich.«

»Am Samstag wirst du dort erwartet. Auf der Aussichtsterrasse. 16 Uhr. Hast du das verstanden?«

»Ja, das habe ich. Ich bin nicht blöd.«

»Sei nicht so empfindlich!« Claire wiederholte sich. »Hast du irgendein besonderes äußeres Kennzeichen, das ich dem Mittelsmann nennen kann, anhand dessen er dich erkennen kann?«

»Mein Rucksack?«

»Wie sieht der aus?«

»Er ist von Liebeskind. Camouflage.«

»Gut. Du wirst angesprochen. Sei pünktlich! Danke, dass du mir hilfst.«

»Okay.« Im Hörer das Leerzeichen. Claire hatte aufgelegt. Lisa stand fassungslos und starrte ihr Handy an, bis ihr die Spaghetti wieder einfielen. Sie ging in die Küche, goss den Inhalt des Topfes in das Nudelsieb. Die Spaghetti waren weicher als *al dente*, aber noch genießbar. Lisa versuchte, einen klaren Kopf zu gewinnen. Was? Verdammt noch mal! War Claire verrückt geworden? Hatte sie jemals im Sinn gehabt, nach Salzburg zu kommen? Sie hatte einen Autounfall? Wusste sie, wie schrecklich das Wort für Lisa war? War Claire in Gefahr? Aber nein doch. Claire war unbesiegbar. War Lisa in Gefahr? War das eine Falle?

Kapitel 16

Ein Blick auf die Uhr: 14:35. Fünf Minuten vergangen. Was sollte sie anziehen? Aus dem Schrank zerrte sie ein schwarzes Hemdblusenkleid mit weißem Bubikragen. Blieb stehen. Knäulte das Kleid zusammen, den rechten Arm schon im Ärmel, die Handflächen an der Schranktür, als müsse sie die Breite des Schranks messen. Dann ließ sie die Arme fallen. Einen Schritt zurück. Sie trat auf das Kleid, zog den Arm heraus. Suchte andere Kleidung. Abgewetzte Jeans, verwaschenes Sweatshirt. Schwarze knöchelhohe Turnschuhe. Sie fuhr sich mit der Hand über den Kopf. Blickte sich um. Der Rucksack.

···

Lisa stand auf der Aussichtsterrasse. Festspielzeit. Touristen. Eine Frau in ihrer Nähe. Das Gesicht ein glattes Oval. Ordentlicher Haarknoten, Hemdblusenkleid mit einem kleinen runden Kragen, marineblau. Sah aus wie eine Lehrerin. Wäre Lisa in der Stadt geblieben, wäre sie wohl auch Lehrerin geworden. Dann sähe ihr Leben völlig anders aus. Sie würde an einem Gymnasium unterrichten. Geschichte und Latein. Vielleicht. Die Frau trug den gleichen Rucksack wie Lisa. Bestimmt ein Zufall.

Das Lokal, gleich neben der Terrasse, war überfüllt. Japaner fotografierten das Essen. Italiener. Laut und wild gestikulierend. Der Ausblick auf die Festung, selbst für Einheimische überwältigend. Lisas Blick schweifte herum. An einem Tisch ein Russe. Ein magerer, nicht sehr großer Mann von vielleicht Anfang Dreißig. Schmale Nase. Schuhe mit hellen Streifen. Er erhob sich. Näherte sich der Lehrerin. Sprach sie an. Lisa wollte eingreifen. Bestimmt eine Verwechslung. Etwas hielt sie zurück. Ein Disput entwickelte sich. Lisa war, als riefe man ihren Namen. Sie drehte sich um. Aber da war niemand. Die Stimme herkunftslos, eine dieser Stimmen, die einen im Traum rufen. Sie ging Schritt für Schritt. Weg von der Lehrerin. Weg von dem Russen. Sie fühlte etwas Atemloses, Scharfes, Aushöhlendes.

Mit einem Mal, als wäre sie durch die Luft geflogen, befand sie sich im Hotel *Wolf Dietrich* auf der obersten Dachterrasse, als wäre sie nie woanders gewesen. Sie stand hoch über der Stadt. Wie auf dem Präsentierteller. Unfähig, sich zu rühren. Der Rucksack an ihrer Seite. Voll mit viel zu viel Geld.

Kapitel 17

Lukas hatte die Stadt verlassen. Sein Appartement finster. In ihrer Tasche die Adresse in Berlin. Sie verließ die Dachterrasse, ging ins Schlafzimmer, legte sich auf das Bett, streckte sich darauf aus und starrte zur Decke. Die leisen Stimmen anderer Hotelbewohner drangen zu ihr herüber. Das schallende Gelächter von Erwachsenen und das Weinen eines Kindes lenkten sie ab. Sie stand auf, ging ins Bad, schaltete die Lampe über dem Waschbecken ein und betrachtete sich im Spiegel. Sie ging zurück zum Bett, setzte sich darauf. Was sollte sie tun? Claire anrufen? Erklären, was passiert war? Was würde Jack sagen? Sie könne ja das Geld jederzeit übergeben. Alles sei noch da. Leute waren schon wegen kleinerer Geldsummen getötet worden. War sie in Lebensgefahr?

Die Hände auf den Knien saß sie regungslos. Versuchte, ihre Gedanken zu ordnen. Sie nahm das Handy. Wählte die Nummer ihrer Cousine. Das Freizeichen ertönte. Immer wieder. Wo war Claire? Im Krankenhaus? Wieso antwortete sie nicht auf Lisas Anrufe? Schritte auf dem Gehweg und ein leises Flüstern von unsichtbaren Geistern. Ein kühler Windzug. Ihr Herzschlag. Die ganze Stadt pulsierte langsam. In der Luft ein merkwürdiger Geruch. Lisa spürte, ihr Herz in ihrer Brust schlagen. Etwas nie Gekanntes überwältigte sie. Panische Angst vor dem Sterben. Die unausweichliche Gewissheit ihres eigenen Todes. Die Angst vor dem Getötetwerden. Könnte sie mit dem Russen reden? Lisa würde ihm sofort den Rucksack mit dem Geld geben. Er würde das Geld nachzählen. Es war ja noch alles da. Geld ist nicht so wichtig, würde er sagen. Sie wollte es glauben. Es könnte ja möglich sein.

Lisa war, als hätte ein Schatten den Boden der Dachterrasse des Hotels gestreift. Undeutlich. Es war nichts. Dann ein Licht. Ein Punkt. Rot. Laserpunkt. Eine Waffe, die ihr Ziel mit einem Laser markierte? Der Laserstrahl balancierte über den Balkon, in das Appartement, über die Seiten der Regale und die Querbalken der Zimmerdecke. Jagte über das Dach. Die Fensterscheibe. Tanzendes Lichtschiffchen, auf dem Webstuhl der Nacht. Der Unterwelt. Kroch über den Boden, über ihre Arme, suchte ihr Herz. Bewegungslos verharrte sie. Suchte die Richtung, aus der der Lichtstrahl kam. Bewegungen oben am Berg. Die Felswand steil. Waren es die Gämsen, die Steine lostraten?

Bewegungen hinter einem Fenster des Nachbargebäudes. Lisa hob die rechte Hand, langsam, flüsterte Beschwörungsformel. Schutzzauber. Das Licht erlosch. Stille. Schweigen. Lisa horchte. Es waren Jugendliche, die ihre Spielzeuge ausprobierten. Harmlos. Keine Mörder. Keine Menschenjäger.

Sie legte sich mit ihrem Gewand auf das Bett und zog die dicke Tagesdecke über sich. Reglos wie ein kleines Kind blieb sie unter der groben Bettdecke liegen. Sie beobachtete, wie vorüber huschende Lichtschatten von der Straße her über die Decke des Hotelzimmers züngelten. Der Fernseher. Die Fernbedienung. Sie schaltete durch die Programme. Salzburger Lokalsender. Unterhaltungsfernsehen. Die Salzburger Tracht. Brauchtum. Gartenkultur. Kochrezepte. Wanderwege. Volksmusik. Alles Verstörende war hier fremd. Wurde ausgeblendet. Die dunklen Wege des Lebens anderswo.

Plötzlich unterbrach eine Schlagzeile das Programm »Brutaler Überfall in Salzburg!« Auf dem Bildschirm erschien der Pressesprecher der Salzburger Polizei. Die Finger ständig in Bewegung, als wolle er so seinen Kreislauf in Gang halten. Er berichtete von einer Frau, einer Lehrerin, die auf dem Mönchsberg in der Nähe des Museums von einem unbekannten Täter attackiert worden sei. Sie habe schwer verletzt überlebt und befinde sich zurzeit in der Intensivstation des Salzburger Landeskrankenhauses. Der Täter sei mit einem Kampfmesser auf sie losgegangen. Es sei ein Wunder, dass sie überlebt habe. Die Frau zeichne ein enormer Überlebenswille aus, sagte der Polizeisprecher. Der Rucksack, den sie bei sich hatte, sei durchwühlt worden und achtlos weggeworfen worden. Als habe jemand etwas gesucht und nicht gefunden. Die Polizei ersuchte die Bevölkerung um Mithilfe, sollte jemand etwas beobachtet haben. Eine Telefonnummer von der Kriminalpolizeiinspektion Salzburg wurde eingeblendet. Für diejenigen, die in der Tatnacht Beobachtungen gemacht hätten, die mit der Tat zusammenhängen. Die Polizei bat die Bevölkerung um erhöhte Wachsamkeit und Vorsicht.

Lisa richtete sich auf. Die Lehrerin. Ein Zufall? Gab es Zufälle dieser Art? Konnte es das geben? Lisa saß mit gesenktem Kopf auf dem Bett, die Augen geschlossen, die linke Hand auf der Bettdecke. Vielleicht, um das Gleichgewicht zu halten. Konnte es das geben? Diese aus lauter absurden Zufällen zusammengesetzten Geschichten

Sie wollte nach dem Rucksack greifen. Aber sie griff ins Leere. Der Rucksack war weg. Verdammt, noch einmal! Was war nur mit ihr los? Verlor sie völlig den Verstand? War sie verrückt geworden? Sie schüttelte fassungslos den Kopf. Senkte kurz den Kopf, hielt den Atem an, geradeso wie jemand, der durch eine Wand aus Feuer ging.

Der Rucksack? Wo war der Rucksack? Raus auf die Dachterrasse. Da lag er. In seiner Tarnfarbe wirkte er so harmlos. Sie hatte ihn tatsächlich einfach stehen lassen. Schnell. Sie nahm ihn an sich. Drehte sich um. Sie lauschte. Geräusche? Mit den Fingerspitzen berührte sie zuerst die tätowierte Katze auf ihrer Haut, dann ihre linke Schläfe, wo sich ein Muttermal befand. Von weit her glaubte Lisa eine Stimme zu hören, die Lisa rief, eine freischwebende Melodie, die wie eine Warnung aus einer anderen Zeit klang. Dann. Dann eine Bewegung. Ein Schatten. Dann Geräusche an der Tür. Jemand hat sie sofort geöffnet. Der Russe? Ein Mörder. Menschenjäger.

Lisa auf der Terrasse. Den Rucksack über die Schulter hängen. Ein Maschendrahtzaun. Darüber steigen. Ging leicht. Ihr blieben allenfalls Minuten und vielleicht nicht einmal das. Die Hände suchten Griffe im Felsen. Hüfte zur Wand. Arm ausgestreckt, über die Schulter greifen. Das Gewicht von einem Bein auf das andere verlagern. Hochklettern. Weiter. Tritt für Tritt. Mit hämmernden Herzen hing sie in der Wand. Steif ragten Grashalme nur wenige

Zentimeter vor ihrem Gesicht auf. Das Gras kitzelte in der Nase. Sie musste niesen. Nein. Nein, das ging nicht. Sie musste sich konzentrieren. Das Niesen weg atmen. Still! Sie konnte nichts hören. Der Russe in ihrem Rücken. Sie schaute sich nicht mehr um. Sie hielt den Atem an und ließ, so sanft sie konnte, die Luft aus ihren Lungen heraus, um die Stille nicht zu stören. Über den Felsen hoch. Zwischen den Bäumen schlängelte sich ein Pfad durch, sehr schmal. Auf Knien und Ellbogen kroch Lisa voran. Felsvorsprung. Eine kleine Terrasse mitten im Berg. Von der Natur geschaffen. Hier blieb sie liegen.

Sie presste ihr Gesicht auf den Felsboden, bis ihre Angst gleichsam in die Erde gelenkt wurde, die sie bereitwillig aufsaugte. Sie lehnte sich vor und einen Moment glaubte sie, in großer Höhe über der Stadt zu schweben, über sich selbst, und hinab auf eine Ansammlung von Spielzeughäusern zu schauen. Dann war sie wieder auf dem Felsvorsprung. Langsam richtete sie sich auf und hielt Ausschau. Die Stadt wirkte im Mondlicht still und friedlich. Der Berg wie ein alter Freund. Licht in ihrem Appartement. Bewegung auf der Terrasse. War es der Russe? Ja? Sie konnte ihn nicht so leicht erkennen. Sie könnte ihm winken. Aber nein. Oder doch!

Sie sah eine Gestalt in ihrem Appartement. Als würde ein Dämon durch ihr Herz reiten. Ihr Herz schlug. Pumpte Blut durch die Venen. Sie konnte alles sehen. Ihre Grausamkeit fühlen. Er wollte das Geld. Eine tödliche Gefahr ging von ihm aus. Handlanger des Todes. Er suchte Lisa, schaute aber in die falsche Richtung. Nicht herauf zu ihr. Nein. Ihr Versteck war gut. Sie musste einfach warten. Sie versuchte nachzudenken, aber ihr Verstand schlingerte. Sie hielt sich ganz still. Wartete. Döste. Atmete mit dem Berg. Betete hunderttausend Sacra! Sie war gut versteckt. Sie musste einfach warten.

So kalt. Sie duckte sich ins Gras. Das Grün der Gräser und Blätter wirkte im Mondlicht silbern und kalt. Verloren die lebendige, atmende Farbe, die es tagsüber zu haben schien. Gras. Steine. Nackte Erde. Alles still. Regungslos lag sie auf dem nackten Felsen. Die ganze lange Nacht, bis ein mattes Licht am Horizont aus der Dunkelheit hervorkroch. Unschätzbar. Morgendämmerung hob die Stadt aus ihrem gespenstischen Dunkel. Die Vorderseiten der Häuser wie graue Schatten. Riesige, verwitterte Steine, die aus der Erde ragten. Konnte es sein, dass sie das überlebte? Steine prasselten vom Berg herunter. Lisa duckte sich. Hob witternd die Nase. Was kam da? Schritte. Nein. Nichts. Bergwacht. Die Welt in sich. Die Welt in der

Seele. Kauern im Fels. Frau im Fels. Über den Dächern von Salzburg.

Steine prasselten vom Berg herunter. Eine Gämse. Nicht doch! Er sah hoch zu ihr. Blitze, eine jählings vorschnellende Teufelshand, die in ihre Richtung zeigte. Sie sah ihn hochspringen. Einer, der hochkletterte, zu ihr. Einer, der auf sie zielte. Wie im Licht der Blitze, in den Regenbögen, im Sonnenuntergang, in den dunklen Wäldern, im Schattenriss. Wie erstarrt. Sie warf mit Steinen. Verhängte sich im Gestrüpp. Kam los. Sie prallte gegen den Felsen. Ein Kreischen. Schüsse. Sie fiel. Wurde von etwas gehalten. Etwas hatte einen Stein oder Ähnliches getroffen. An ihr vorbei. Sie krümmte sich. Der Spalt im Felsen, als hätte eine urzeitliche Klinge den Berg geöffnet. Die Höhle. Für Lisa. Schlängelte sich durch die Öffnung. Erde im Mund. Sie spuckte und zwängte sich hinein. Ihr Atem laut. Das Echo zurück von den Wänden. Kroch hinein. In die Dunkelheit. Ihr Herz dröhnte. Weiter. Ins Innere der Höhle. Der Rucksack. Sie griff nach ihm. Der Stein war kalt. Etwas schrie. Sie kroch voran. Die geöffnete Erde beugte sich tief zu ihr herab. Der Rucksack immer mit ihr. Dann stürzte sie. Der Boden gab nach. Sie stürzte ins Leere.

Mittendrin schoss etwas Grelles in ihre Netzhaut, und alles wurde von Donner getränkt.

Noch mehr Blitze hoben Hundertstelsekunden heraus. Die Welt über ihr steinern. Ein Vakuum, ohne Wetter, ohne Sonne. Ein Gewitter aus Schmerzen. Alles nicht wahr. Nur ein Traum. Sie verlor jedes Zeitgefühl. Die Minuten verwandelten sich in Träume. Lisa sah sich selbst in weiterer Ferne durch die Luft fliegen. Die Zeit legte sich in Falten über sie. Ging durch sie hindurch. Anders sein. Sie war immer anders. Anders als die anderen. Ein Zug, der ihre Gedanken mit sich riss. Du glaubst, es gab ein Muster. Ein Hexeneinmaleins. Sterben. Jetzt. Stein. Bein. Harter Schlag auf ihrem Fleisch. Der Berg. Messerscharf. Krallenartig. Riss Haut auf. Schwarze Pausen. Der Film lief zu schnell ab. Zu schnell. Die Zeit aufhalten. Stopp! Nicht weiter! Langsamer. Schmutzig! Die Hose schmutzig. Der Boden schmutzig. Die Kapuze. Der Berg. Der Kapuze. Der Tod der Eltern. Der Brüder. Die Elektrizität. Das Innen und das Außen in Einklang bringen. Obdachlos. Eine Hexe. Sie ist doch zurückgekommen. Nach Salzburg. Sollte sie hier sterben?

Lisa schlug auf. Erde. Der Boden hart wie Beton. Ihr Körper. Wie lebloser Sack voller Kartoffeln. Voller Knochen. Schlagartig wich alle Luft aus ihr. Mensch. Gestein. Aufprall. Eiseskälte explodierte in ihrer Schulter. Im Kopf Sturm. Atem stoßweise. Stechen in Kehle und

Brust. Blut pulste durch ihren Kopf, dröhnte in den Ohren. Sie drehte sich vom Rücken auf die rechte Seite. Unter der Wange ein kleiner Kieselstein. Der Rucksack immer bei ihr. An den Bauch geschmiegt. Wie Kind. Kalt ist der Stein. Kalt das Leben. Eine Hand fasste Lisa an die linke Seite ihres Halses, die blutete, aber nicht stark. Nicht aus den Hauptschlagadern. Das Blut war warm. Ein stetes Rinnsal, wie eine kleine Quelle im Wald. Wie stillte man so etwas? Die Hand drückte mit dem Handballen darauf. Mehr konnte sie nicht tun.

Die Hand war Lisas Hand. Das Blut war Lisas Blut. Sie blutete. Sie lebte. Sie schnappte nach Luft. Ein taubes Gefühl in den Beinen wurde kurz stärker, verschwand plötzlich. Ihr war, als würden sie weißglühende Nadeln stechen. Unzählige Nadeln, die sich aus den Knochen heraus durch ihr Fleisch bohrten. Sie rührte sich nicht. Sie trug abgewetzte Jeans, ein verwaschenes Sweatshirt, schwarze knöchelhohe Turnschuhe und ihre weiße Armbanduhr. 6 Uhr. Donnerstag.

Donnerstags verbrannte man in Salzburg Hexen. Ein brennender, scharfer Schmerz. Wo? Wusste sie nicht. Aber der Schmerz verstärkte das Gefühl, lebendig zu sein. Sie konnte nicht tot sein! Verdammt noch einmal! Teufelsdreck! Lautes Stöhnen. Wehklagen und Jammern. Verworrene Reden. Grauenvolle Rufe. Worte des Schmerzes. Laute der Wut. Schrille wie schwache Stimmen. In diesem Raum ohne Licht und Zeit. Alles in ihr. Sie lachte. Ihr könnt mich alle! Claire, die Cousine, die Verräterin. Der Russe. Jack, der Teufel. Sie konnten sie nicht töten. Sie war entkommen. Jack. Dem Teufel. Dem Tod. Sie lachte durch die Schmerzen. Lachte wieder wie irr und spürte, wie ihr Tränen über das Gesicht rollten. Was war so lustig? Sie wusste es nicht. Sie wusste es nicht. Sie lachte trotzdem. Weinte und lachte in den höchsten Tönen. Etwas in ihr löste sich auf, ein Knoten, ein Knäuel. Löste sich in Lachen auf. Dann hörte sie abrupt auf zu lachen. Ihr Körper fühlte sich entsetzlich kalt an. Ihre Hand eisig. Strahlende Punkte erhellten den verschwommenen Blick. Gleißend hell.

Lisa musste die Augen schließen. Ein Schatten landete direkt vor ihr. Der Teufel. Seine dunkle Seele huschte über ihr Gesicht. Eine Woge von Panik erfasste sie. Wie ein elektrischer Schlag. Ihre Beine fingen an zu zittern. Alles dunkel. Sie konnte nichts sehen. Nichts. Ihren Körper nicht. Aber da ist auch nichts. Nichts. Auch kein Jack. Kein Jack. Keine Jäger. Sie hörte Schreie. Es waren ihre eigenen Schreie, die sie hörte. Sie schnappte nach Luft wie eine Ertrinkende. Luft. Schnell. Mehr

Luft. Schneller atmen. Ihr Atmen beschleunigte sich, bis sie die Besinnung verlor. Vision. Vor ihr tanzte etwas Helles, die Wände der Höhle waren erst nah, dann wieder weit weg. Die Armen kraftlos zur Seite, und wenn der Brustkorb sich hob, wurde ihr Kopf gegen einen Stein gepresst, ansonsten rührte sie sich nicht.

Alles so unwirklich. Wie eine durch Drogen bewirkte Halluzination. Aber es war Wirklichkeit. Sie lag wirklich im Inneren eines Berges. Alles versank in tiefes Schweigen. Sie erwachte. Wusste im ersten Moment nicht, wo sie war. Alles war finster. Nicht einmal ihren eigenen Körper konnte sie erkennen. Sie war nicht in der Lage, mit ihren eigenen Augen zu sehen, in welcher Verfassung sie war. Doch allmählich gewöhnten sie sich an die Dunkelheit. Aber war das, was sie sah, auch wirklich? Einige Gedanken zeichneten sich recht klar ab. Sie war gefallen. Den Jägern entkommen. Sie begann wieder zu kichern. Es ließ sich nicht unterdrücken. Sie konnte nicht normal denken. Mitten im Berg. Im Felsen. Verschwunden für die Welt. Unsichtbar. Bewegungslos.

Ab und zu hörte sie ein Geräusch. Wind, der durch die Gänge pfiff. Einen Luftzug. Geräusch wie das Stöhnen einer weinenden Frau. Nach und nach aber, Stückchen für Stückchen, gewann sie ein Bild von ihrer Situation. Als Erstes wurde ihr bewusst, dass sie ein außerordentliches Glück gehabt hatte. Sie musste in einen der Tunnel gestürzt sein. Der Kapuzinerberg ist von einem Höhlensystem durchzogen. Die Luftschutzkeller, das Wasserreservoir. Luftschutzbunker. Ein Eingang war genau unter den drei Kreuzen in Schallmoos. Die ehemalige Richtstätte. Der Boden war sandig und vergleichsweise weich. Wäre er es nicht gewesen, hätte sie sich bei dem Sturz alle Knochen im Leib gebrochen. Sie atmete einmal langsam und tief durch, dann versuchte sie, sich zu bewegen. Zuerst ihre Finger. Sie gehorchten, wenn auch etwas kraftlos. Dann versuchte sie, sich vom Boden hochzustemmen und sich aufzusetzen, aber das gelang ihr nicht.

Ihr ganzer Körper fühlte sich wie taub an. Sie war bei klarem Verstand, aber mit der Verbindung zwischen ihrem Denken und ihrem Körper stimmte etwas nicht. Ihr Bewusstsein beschloss, etwas zu tun, aber es gelang nicht, den Gedanken in Muskeltätigkeit umzusetzen. Sie gab es auf und blieb eine Zeitlang reglos in der Dunkelheit liegen. Als Nächstes strich sie mit der linken Hand über die Seitenwände der Höhle. Sie schien aus kühlen moosbewachsenen Steinen zu bestehen. Die Steine hauchten eisige Kälte aus. Sie ließ die Hand über die Steine gleiten und prüfte die Fugen dazwischen.

Wie viel Zeit verging, in diesem Raum ohne Licht, wusste sie nicht. Die Zeit lief nicht mehr vorwärts. Sie hatte sich in Stein verwandelt. Lisa starrte ins Schwarze, wusste nicht, ob ihre Augen geschlossen waren oder offen. Sie nahm jede Empfindung, jeden Pulsschlag wahr, als würde ihr Körper Botschaften an sie versenden. Eine Zeitlang hielt Lisa es für das beste, einfach liegenzubleiben und abzuwarten, was passierte. Dann erfasste sie wieder eine Woge von Panik. Wie ein elektrischer Schlag. Ihre Beine fingen an zu zittern. Aus jeder Pore ihres Körpers schoss Schweiß hervor. Sie versuchte, den Atem anzuhalten. Nichts war zu hören. Das Hämmern ihres Herzens war so laut, dass sie sich nicht sicher war. Sie horchte. Folgten die Jäger ihr in die Unterwelt nach? Jack. Der Teufel? Ihre Muskeln entspannten sich und der versteinerte Atem löste sich in ihrem Innern auf und strömte heraus. Noch eine Zeitlang danach meinte sie bei jedem Atemzug, ihr Körper würde in Stücke reißen. Sie berührte ihr Bein und spürte, dass es heiß und geschwollen war.

Sie war gerettet. Entkommen. Entkommen? Nein. Sie. Aber Sie war gefangen. Mitten im Berg. Im Felsen. Verschwunden für die Welt. Unsichtbar. Sie saß reglos da. Wartete auf Geräusche. Die Höhle dunkel. Nach und nach kehrten ihre Körperwahrnehmungen zurück.

Und zusammen mit ihren übrigen Wahrnehmungen stellten sich natürlich auch die Empfindungen von Schmerz ein. Intensivem Schmerz. Sie weinte. Wenn sie hier sterben sollte, würde es ein einsamer Tod sein, ein stummer Tod. Spurlos würde sie von der Erde verschwinden.

Lisa versuchte, sich in eine aufrechte Lage zu bringen. Ruckartig wie eine Marionette. Der Rucksack. Ihre Hand kroch in den Rucksack. Wie ein einhändiger Dieb beim Stehlen zog sie einen Schal heraus. Legte ihn auf die Wunde am Hals. Das warme Blut. Ein brennender, messerscharfer Schmerz. Ihre Brust hob und senkte sich. Sie füllte den Brustkorb mit frischer Atemluft. Er wölbte sich. Dann ließ sie die Luft hinaus. Verdammt noch einmal! Sie lebte. Die Tafel Schokolade. Sie riss die Packung auf. Schlug ihre Zähne in das dunkle Süße. Kaute. Schluckte. So etwas Köstliches hatte sie noch nie gegessen.

Während sich etwas in ihrem Inneren löste, etwas Dunkles, etwas Teuflisches. Schweifende Linien verschmolzen zu winzigen Punkten. Sie breitete die Arme über den Rucksack, legte den Kopf auf die Ärmel ihrer tropfenden Kapuzenjacke. Die lichtlose Stunde, ihr bleicher Umriss, zugleich drohend und zerbrechlich. Sie wollte die Knie zu der Brust hochziehen. Intensiver Schmerz. Er wandte sich in ihr wie ein Drache mit unzähligen rasiermesserscharfen Klauen und dolchartigen Zähnen. Ihr Bein war nicht gebrochen. Prellungen. Sie saß da, lehnte sich an die Wand. Aber da war noch etwas anderes. Verlorene Worte, geheime, magische Worte, die aus der Dunkelheit auftauchten. Heilende Worte. Zaubersprache. Blutsegen: *»Im grünen Wald stehen drei Eichen. Unter den Eichen sind drei Spinnerinnen, die eine, die läuft, die andere, die leckt, die dritte steht stille.«*

Sie fuhr sich mit den Fingern energisch durch die Haare. Steinern der Staub. Ab und zu hörte sie das Geräusch des Windes. Wie er durch das Innere des Berges strich, erzeugte er ein schauriges Geräusch. Ein Luftzug. Lisa kroch los. Ein Ausweg? Jetzt sah sie Sonnenlicht, das in die Höhle fiel, Bündel von Licht, das sie blendete. Sie schloss unwillkürlich ihre Augen, drehte sich weg, öffnete die Augen und erblickte die pechschwarze Dunkelheit der Höhle. Aber nein, sie hatte sich nicht getäuscht, sie drehte sich wieder dem Licht entgegen. Sonnenlicht. Wirklichkeit. Kein Traum.

Vorsichtig streckte sie ihren Kopf durch die Öffnung. Oberwelt. Die Welt außerhalb der Höhle. Kein Mensch weit und breit zu sehen. Nur sie und der Wald.

Kapitel 18

Ein sanfter Wind wehte. Über ihren Kopf trieben Raben schwerelos im Aufwind, wie Gespenster aus Draht und schwarzem Stoff. Lisa sah sich von außen, aus großer Höhe. Der Blick der Raben. Seelenvoll. Mitten im Wald ein Menschenkopf, der aus der Erde kam. Sie begrüßten das Menschlein, schaukelten und kreisten in der Luft, schwebten mit dunklem Gekrächze hinweg. Lisa steckte den Kopf noch weiter aus der Erde heraus und drehte ihn herum. Moos. Ringförmige lindgrüne Flechten, die sich über die Steine spannten. Lisas Hand schlängelte sich ins Freie, bekam eine dicke Baumwurzel zu fassen. Mit ihrer Hilfe zog sie sich hoch, rollte sich auf den Boden. Fruchtbare dunkle Erde. Ein Salamander, schmal, olivgrün und buntfleckig kroch unter seinem Versteck hervor ins raschelnde Grün entlang des Baches.

Rücklings lag Lisa auf der Erde. Wie betäubt. Sie spürte zwischen Genick und Schulterblättern eine tiefe wärmende Mattigkeit. Sie kreuzte die Handgelenke auf ihrem Bauch. Sah eine

Welt von sagenhaftem Liebreiz. Die Bäume raschelten im sanften Wehen des Sommerwindes ein wortloses Baumalphabet. Altes Hexenblut verstand das Geflüster der Buchen und Eichen. Ein laues grünes Feuer irrlichterte durch die Welt, und sie hörte die Schritte von Toten. Alles war gut. Sie wusste kaum noch, wo ihr Leben aufhörte und die Welt begann. Es war ihr auch völlig gleichgültig. Ein kleines Bächlein. Sie wusste kaum noch, ob sie träumte oder wachte. Fäden aus nahezu blauem Licht entstiegen den Steinen. Ihre Fingerspitzen tauchten in eisiges Wasser. Sie streckte sich vor, spitzte die Lippen und labte sich am dahinströmenden Nass. Geschmack nach Eisen und Erde, eine seidige Last, die über die Zunge und den Gaumen rieselte.

Sie erwachte im vollen Tageslicht am Waldrand. Sie rappelte sich hoch. Der Rucksack lag am Boden. Ihr Kopf war sonderbar klar. Langsam stand sie auf. Das Knie knirschte und zuckte. Ein Ast. Sie bückte sich danach. Eine Krücke. Humpelnd. Ein letzter Blick zurück auf die Höhle. Dann machte sie sich auf den Weg. Sie musste zurück in die Welt der Menschen. Wer humpelt, lebt. Sie musste einfach weiter.

Kapitel 19

Das Haus stand am Waldrand. Die Fassade leuchtend weiß gestrichen. Ein kiesbestreuter Weg, der durch eine Wiese im Bogen vor das Haus führte. Lisa verharrte. Sie kannte das Haus aus früherer Zeit. War hier gewesen. Mit ihrem Vater. Zu Besuch. Ein Ferienhaus. Ein Wind, der Farn am Straßenrand rascheln ließ. Sonst nichts zu hören. Den Rucksack an ihren Körper gepresst, näherte sie sich humpelnd dem Haus. Hinter dem Haus wuchsen zwei Hecken. Eine Buchenhecke und eine hohe Thujenhecke. Ein schmaler Weg durch die Brennnesseln im Wald, der Weg unter einem umgestürzten Baum hindurch. Sie umkreiste das Haus. Ihr Vater hatte eine Frau besucht, hatte sie mitgenommen. Er hatte den Schlüssel immer aus einem Versteck geholt. Lisa griff hinein und tatsächlich der Schlüssel befand sich noch immer an derselben Stelle.

Eine Türe, die sich öffnen ließ. Ein Vorhaus mit einem Boden aus dunklem Holz. Eine schmale, nach oben führende Treppe. Sie ging durch jedes Zimmer. Küche. Wohnzimmer.

Schlafzimmer. Ein Badezimmer. Eine Wanne. Sie drehte vorsichtig den Hahn auf. Wasser floss heraus. Anfangs stockend, dann fließend. Zurück in die Küche. Sie öffnete die Schränke. Konserven. Tomaten. Pfirsiche. Bohnen. Dosenschinken. Corned Beef. Chili. Mais. Spaghettisauce. Essen. Suppen. Teller. Plastikmüllsäcke. Toilettenpapier. Die Fülle eines fremden Lebens. Sie nahm eine der Konserven herunter und hielt eine Dose Pfirsich hoch. Eine Schublade. Besteck. Kochzubehör. Messer. Plastikutensilien. Dosenöffner. Alles, als wäre es für sie vorbereitet.

Eine dunkle Holzuhr über der Tür zeigte zwanzig nach zehn an. Sie nahm ein Glas, füllte es mit Wasser. Lisa setzte es an und trank. Ein tiefer Schluck vom kalten Nass. Ihr wurde schwindlig. Sie öffnete die Pfirsichdose. Der Duft stieg ihr in den Kopf. Sie führte den Löffel zum Mund. Die gelbe Frucht kam ihr wie eine ausgefallene Speise vor. Sie lehnte sich zurück, leckte den Löffel ab und trank den kräftigen, süßen Saft aus der Dose. Sie zitterte vor Freude und Lust. Fand Schokolade. Riss die Packung auf. Sie aß und trank und schluckte und sah sich um. Sie hinterließ durch das Haus eine Spur von Dreck und Blut. Sie achtete jedoch nicht darauf. Ließ jede Vorsicht fahren. Es gab elektrische Taschenlampen, die nicht funktionierten. Sie fand jedoch eine Schachtel Batterien und sah sie durch. Sie fand eine, die zu passen schien. Es gelang ihr schließlich, eine der Laternen anzuzünden, und sie stellte sie auf den Tisch. Dann humpelte sie weiter. Ein Schlafzimmer. Ein Bett. Ein Kasten. Fremdes Leben. Kleider einer Frau. Sie setzte sich auf das Bett, Sie dachte, dass sie das noch nicht glauben durfte. Sie konnte jederzeit in der dunklen, nassen Höhle aufwachen.

Als sie aufwachte, wusste sie nicht, wo sie sich befand. Sie öffnete das Fenster, spähte hinaus. Sie war darauf gefasst gewesen, zu sterben, und nun würde sie am Leben bleiben, und darüber musste sie nachdenken. Jeder Zeit könnten die Besitzer des Hauses zurückkommen und sie überraschen. Oder Jack.

Eine Geschichte. Sie musste um Hilfe rufen. Würde man ihre Geschichte glauben? Die Polizei? Lukas? Jack. Ihr Handy lag noch im Hotelappartement.

Sie musste den Rucksack verstecken. Dann hatte sie eine Geschichte. Die Geschichte einer Touristin, die am Kapuzinerberg in eine Höhle eingebrochen wäre. Das würde Aufsehen erregen. Nein. Sie würde verschwinden. Heimlich. Aus Salzburg. Eine neue Identität. Sie musste Lukas verständigen. War er in Gefahr? Sie hatte ihm von der Hütte erzählt. Würde er sich erinnern? Sie konzentrierte sich. Sie wollte ihn rufen. So etwas gab es schon. Telepathie.

Sie wachte auf und ihr war, als hätte es zu regnen aufgehört. Aber sie hatte etwas anderes geweckt. Im Traum haben sie wieder Gestalten heimgesucht. Sie sprachen nicht. Ihr war, als hätten sie, während sie schlief, neben ihrem Bett gesessen und sich davongeschlichen, als sie aufgewacht war. Sie versuchte sich zu erinnern, an den Traum, konnte es aber nicht. Nur die damit verbundene Empfindung war noch da. Vielleicht, dachte sie, waren sie gekommen, sie zu warnen.

Sie verbrachte die Tage mit Essen und Schlafen. Sie kochte sich Tee. Verarztete sich. Ihr Bein heilte allmählich. Eine Geschichte ausdenken. Ein neues Leben.

Dann ein Geräusch, sie schrak aus tiefem Schlaf hoch. Schritte. Ein Traum? Nein. Wirklichkeit. Eine Tür, die sich öffnete, die sich schloss. Sie glitt aus dem Bett, kauerte sich hin und lauschte.

Jemand war im Haus. Sie spürte, wie sie schwindlig wurde.

Die Eingangstür öffnete sich. Eine Frau betrat das Haus. Sechzigjährig. Sie trug eine graue Jacke und einen schmalen Rock. Elegant gekleidet. Die Lippen geschminkt. Sie blieb im Türrahmen regungslos stehen. Ihre Blicke wanderten über Lisa. Dann blickte sie in den Spiegel, der im Esszimmer hing. Sie betrachtete Lisa im Spiegel, und Lisa betrachtete sie auch. Langsam, als dächte sie über etwas anderes nach. Furchtlos. Dann holte sie ein Handy aus ihrer Tasche.

»Bitte rufen Sie nicht die Polizei!«

»Ich soll nicht die Polizei rufen? Warum?«

»Ich kann alles erklären.«

»Sie sind in mein Haus eingebrochen.«

»Entschuldigung.«

»Das kann man nicht entschuldigen.«

»Entschuldigung, ... äh.«

Maria war groß und hat eine lange schmale Nase wie ein Vollblut. Sie ging an Lisa vorbei in das Esszimmer. Setzte sich in den Ledersessel.

Lisa setzte sich ihr gegenüber und lächelte leicht, unsicher. Marias Blick wanderte über Lisa, dann über die Spuren, die Lisa in ihrem Raum hinterlassen hatte. Lisa sah auf ihre Hände.

»Stimmt das etwa nicht?«, fragte Maria kühl. Sie ging in die Küche, holte zwei Gläser. Füllte sie mit einer Flüssigkeit. Stellte eines davor vor Lisa, das andere vor sich. Das Licht im Haus hatte sich grundlegend verändert. Die Farben waren trocken, messerscharf und schimmernd.

»Warum soll ich nicht die Polizei rufen?«

Lisa schwieg.

»Ich kenne dich«, sagt Maria unvermittelt zu Lisa.

Lisa räusperte sich. Sie wollte etwas sagen, wusste aber nicht was. Also schwieg sie.

»Du bist seine Tochter. Du bist Lisa«, sagte Maria.

»Seine Tochter?«, wiederholte Lisa.

»Ja. Seine Tochter.«

Sie war also die Geliebte ihres Vaters gewesen. Lisa hatte es immer gewusst. Er hatte sie mitgenommen. Damals. Er hatte sie als Alibi missbraucht für seine Besuche. Lisa hatte hier im Esszimmer auf ihn gewartet, während er sich mit Maria zurückgezogen hatte. Sie war hier gesessen und hatte gewartet. Gelesen.

Sie hatte gewusst, dass sie nichts sagen dürfe. Aber die Verlockung war zu groß. Ein paar Worte zur Mutter. Ihr Verdacht hatte sofort gezündet. Die Reise nach Italien. Fahr noch einmal mit uns auf Urlaub! Noch einmal!, hatte die Mutter ihn beschworen. Einmal, noch. Es war die Reise in den Tod. Hatte die Mutter ins Lenkrad gegriffen. Das Auto war mitten durch eine Absperrung gefahren und dreißig Meter in die Tiefe gestürzt. Es krachte durch die Bäume, ging in Flammen auf und blieb am Grund der Schlucht liegen. Außer ein paar verkohlten Überresten war nicht viel übriggeblieben.

Ein Polizist hatte Lisa über den Unfall informiert. Der Ton des Polizisten war mitfühlend. Er hatte gesagt, vielleicht habe die Bremse versagt. So habe es ausgesehen. Aber das ließe sich nicht beweisen. Eine gefährliche Stelle. Es waren also nicht die Bremsen gewesen, dachte Lisa. Es war kein Unfall. In dieser Hinsicht war Lisas Mutter absolut skrupellos gewesen. Die gerichtliche Untersuchung hatte kein Verschulden nachweisen können.

Woran hatten sie alle gedacht, als das Auto in die Schlucht segelte und im nachmittäglichen Sonnenlicht schwebte, glitzernd wie ein Falke, in dem einen Augenblick des Atemhaltens vor dem Sturz? Warum hatte sie die Kinder mitgenommen? Und Lisa verschont? Lisa dachte an ihre Mutter, die sie und die kleinen Brüder versorgt hatte, bei Abschürfungen und Schnittwunden und sonstigen kleinen Verletzungen. Sie war immer da gewesen. Was sie ein und derselbe Mensch, der mordete? Sich selbst und ihre Kinder? War das möglich?

Lisa erwiderte Marias Blick nicht. Lisa räusperte sich. Sie wollte etwas sagen, wusste aber nicht was. Also schwieg sie. Lisa sah, dass Marias Hände zitterten. Sie versuchte, es zu verbergen. Ein Schweigen entstand. Maria stand langsam auf, öffnete eine Schublade im Wohnzimmer, zog ein Foto heraus. Ein Foto von

Lisas Vater als Taucher mit Badehose, Flossen, Harpune. Er starrte den Betrachter durch eine Taucherbrille an. Erst wollte Lisa das Foto nicht ansehen. Sie saß schweigend eine gute Weile am Wohnzimmertisch. Sie sah aus dem Fenster. Sie konnte die Buchen sehen.

Sie dachte an ihren Roman. Während sie spürte, dass Tränen über ihr Gesicht rannen. Voller Sehnsucht dachte sie an eine andere Wirklichkeit. Einen Roman zu schreiben, bedeutete viel Arbeit. Es bedeutete, sich hinzusetzen am Montag, am Dienstag, am Mittwoch, und so weiter. Maria strich mit den Fingerspitzen über das Foto.

Lisa nickte. Maria trat zu Lisa. Sie streichelte nicht mehr mit den Fingerspitzen über das Foto von Lisas Vater, sondern legte sie auf ihre Lippen. Schweigend saßen sich die Frauen gegenüber. Ein unermesslicher Verlust verband sie.

Kapitel 20

Lisa öffnete den Schrank neben dem Backofen und holte einen großen Topf heraus. Sie hatte Hunger bekommen, drehte den Wasserhahn auf, ließ den Topf volllaufen. Sie zog die Lade mit den Spaghetti heraus. Ein Geräusch. Lisa erschrak. Schritte. Maria? Nein. Sie hatte das Haus verlassen. Hatte Lisas allein gelassen. Ein Traum? Nein. Wirklichkeit. Die Tür schwang auf und ein Mann stand vor ihr. Anfangs begriff sie nicht, was passierte. Aber die Gegenwart des Mannes verscheuchte in ihr alle Zweifel. Jacks Geschäftsfreund hatte sie entdeckt. Es war der Russe, den sie am Mönchsberg beobachtet hatte. Etwas Gefährliches war mit ihm. Wie hatte er sie entdeckt? Hatte Claire sie verraten? Claire wusste von dem Haus. Würde er sie töten? Er suchte das Geld.

Eine Zeitlang sagten weder sie noch er etwas. Lisa schaute weder zu ihm noch sonst irgendwohin. Rollte mit den Schultern. Sie saugte die Lunge voll Luft, atmete aus und wollte zugleich mit dem Ausatmen etwas sagen. Das Öffnen des Mundes fiel ihr aber so schwer, als wäre er verklebt worden. Wie in einem Alptraum, der immer wiederkehrte. Er schaute ihr prüfend ins Gesicht. In seiner Hand hielt er ein Jagdgewehr. Bange Furcht umfasste ihr Herz. Lisa schloss die Augen, seine Gegenwart ließ die Augen lauernder Teufel aufleuchten, blutrot und glitzernd. Teufelsaugen. Sie schloss die Augen, als würde sie kurz einschlafen. Alles nicht wahr. Nur ein Traum. Sie fixierte die Waffe.

Er lehnte sie an die Wand. »Ich ...«, sagte sie. Mit einer Handbewegung befahl er ihr, zu schweigen. In seinen Augen ein seltsames Glimmern. Sie umfasste den Topf mit beiden Händen. Er griff nach ihr. Lisa ließ ihn zuerst gewähren. Dann stieß sie zu. Wie ein Raubvogel auf seine Beute. Das hatte er nicht erwartet. Sie stieß ihm gegen die Brust, fest genug um ihn aus dem Gleichgewicht zu bringen. Er fiel auf den Boden, fasste ihre Beine. Brachte sie zu Fall. Er packte sie an der Kehle, so dass sie keine Luft bekam. Ein Schauder durchbebte sie. Er hatte die Finger um ihren Hals. Beide Daumen unter ihren Kehlkopf. Drückte zu. Folter verlässt niemals die Welt. Sie ging durch die Wand.

Und noch während es geschah, kam es ihr wie die natürlichste Sache der Welt vor. Finde den Knochen, der niemals brennt. Dann lockerte er seinen Griff um ihren Hals. Sie lag neben ihm am Boden. Als hätten die alten Götter sie zusammengeschmiedet. Wie ein Liebespaar. Ihr Atem entwich mit einem Keuchen. Sie suchte einen Ausweg, wie ein hungriges Tier die Beute. Alle Gedanken verflüchtigten sich, kaum, dass sie entstanden. Er berührte ihr Haar, beugte ihr den Kopf nach vorne. Hinter seinem Rücken streckte sie die Arme aus.

Da bekam sie eine Flasche zu greifen. Sie umfasste es und zerschlug es auf seinem Kopf. Blut strömte in breiter Bahn wie eine Maske über sein Gesicht. Er röchelte und blutete aus dem Mund. Er erstickte an seinem eigenen Blut. Eine Gestalt bewegte sich durch den Raum an Lisa vorbei und schmolz in die Wand hinein. Dann sah Lisa sie nicht mehr. Aber sie fühlte sie um sich, wie einen Hauch aus einer anderen Welt. Sie hob beide Arme hoch. Der Raum verschwand vor ihren Augen, sie konnte ihre Gedanken nicht festhalten. Wie die Bewegungen und das Flüstern von Menschen in einem überfüllten Raum, die wissen, dass sie schweigen sollten. Das waren die Toten, die unsichtbar durch die Wände gingen und sich um Lisa sammelten. Da waren Lichtexplosionen, grünlichgelbes Licht.

Sie schloss die Augen. Sie hörte, dass jemand mit ihr sprach. Es klang, wie eine Stimme, die sie rief, aber leise, wie gedämpft. Sie war sich nicht sicher, ob sie sie wirklich gehört hatte. Mühsam öffnete sie die Augen. Was sie sah, war völlig anders, als was sie jemals gesehen, gedacht oder gefühlt hatte. Der Mann war tot. Er sah aus wie eine Schaufensterpuppe. Bis auf das Gesicht, ein irres Grinsen lag darauf: *Du musst aus dem Haus.*

Lisa hörte die Worte nicht laut, aber sie verstand ihre Bedeutung genau. Sie holte eine Wolldecke. Wälzte den Leichnam auf die Decke. Zog ihn durch die Küche. Durch den Flur. Hinaus ins Freie. Es war Nacht. Die Nacht der Seele. Mit leeren Augen und seinem Lächeln starrte er in die Dunkelheit hinein. Sie stand da und blickte auf den Toten, ballte eine Hand zur Faust, öffnete sie wieder. Dann zog sie die Decke den Weg entlang. Zurück in die Höhle.

Einmal stürzte sie, krallte sich mit den Fingern an der Decke fest. Sah sich um. Sah die Lichter des Hauses. Hören konnte sie nichts. Nur ihr wildes Herz. Es ist vollbracht, dachte sie. Sie hatte getötet, um zu leben. Zu überleben. Sie presste die Hände auf ihr Herz, um sich wieder in die Gewalt zu bekommen. Sie zog und zerrte ihre Last durch die Nacht. Einsam. Ist Böses in meinen Händen. Siebter Psalm. Die Höhle. Sie zog und schob. Die Leiche fiel ihr aus den Händen. Hinein. In das Innere des Berges.

Verschwand in der Erde. Grabesstille und ein feiner, alles einhüllender Nebel war alles, was von ihm blieb.

Angst strömte aus ihr heraus. Sie gelangte in eine neue, klare Wirklichkeit. Bald würde es regnen. Sie fühlte das. Regen, der sie waschen würde. Winzige, spitze Tropfen, die auf sie niederschossen. Sie ging zurück. Sie holte den Rucksack mit dem Geld.

Kapitel 21

Lisa saß im Zug. Lukas hatte ihr eine Adresse gegeben. In Berlin. Sie könne in seiner Wohnung schreiben. Lukas. Mit geschlossenen Augen hatte sie auf die Vorgänge in ihrem Körper gehorcht. Als wäre sie in eine neue Hülle geschlüpft. In letzter Minute hatte sie den Zug nach Berlin verlassen und war umgestiegen. Nach Paris. Als sie sich umdrehte, war Salzburg verschwunden.

Eine andere Gegend, eine neue Landschaft. Der Himmel war weich und grau, tief und feucht. Trotzdem war da ein Rascheln, gedämpfte Laute einer Jagd, Geräusche unsichtbarer Füße, die hinter der trügerischen Schönheit scharrten.

Lisa wusste, dass jenseits der Burgmauern der sauberen Stadt eine andere, wildere und verdorbene Welt lag. Wie die Asche des wirklichen Lebens im brennenden Auge der Zauberer, Hexen und ihrer Kinder. Für immer wachsam hinter der Wehranlage der Schönheit und des Schmerzes.

Es war Zeit, etwas Neues zu beginnen.